KB057447

국숫집, 참을 수 없는 존재의 하울링

seestarbooks 024

강상덕 시와 산문집

국숫집, 참을 수 없는 존재의 하울링

초판 인쇄 2022년 12월 20일
초판 발행 2022년 12월 25일

지은이　강상덕
펴낸이　김상철
발행처　스타북스
등록번호　제300-2006-00104호
주소　서울시 종로구 종로 19 르메이에르종로타운 B동 920호
전화　02) 735-1312
팩스　02) 735-5501
이메일　starbooks22@naver.com

ISBN　979-11-5795-670-8 03810

© 2022 Starbooks Inc.
Printed in Seoul, Korea

이 책은 저작권법에 의해 보호를 받는 저작물이므로 무단전재와 무단복제를 금합니다.
잘못 만들어진 책은 본사나 구입하신 서점에서 교환하여 드립니다.

seestarbooks 024

국숫집, 참을 수 없는 존재의 하울링

― 강상덕 시와 산문집 ―

스타북스

열심히 살았습니다.
길은 먼 것 같기도 하다가
돌아보면 아주 가까웠던 것 같기도 합니다.
잘 살았냐고 한다면
조금은 부끄럽게
고개를 끄덕이고 싶습니다.
나만 잘 산 것이 아니라
주변의 사람들이 함께 있어 주어서
잘 살아 왔던 것 같습니다.
한 것이 무엇이냐고 한다면
머뭇거리며 조심스럽게
이 시집을 내밀고 싶습니다.
대단한 것은 아니지만
먼저 살다 가신 분과
지금 함께 살아가는 분과
이 다음에 살아갈 분들에게
드리겠습니다.

날이 저물고
가야 할 길은 아직도 남았습니다.

2023년 새해를 앞두고

강상덕

— **Part 1** —
국숫집, 참을 수 없는 존재의 하울링

— **Part 2** —
번외편

— Part 3 —
국수 기술자의 하울링

Part
1

국숫집, 참을 수 없는 존재의 하울링

파

저 국숫집 여편네
야무진 칼질 끝에서
삼발 같은 내 머리채가 잘려나가고

하얀 속살
부끄러운 거기까지
벗겨지는 이 치욕의 순간을
지나서

도마 위에서
온몸 치열하게 잘려져도
어쩔 수 없다.

하얀 국수 타래 속에 던져져서
멸치 그 비린내를 잡아내고
디포리 그 심심한 것도 건져올리고

칼칼하게 치고 올라오는
그 매운 것까지 잠재울 수만 있다면

이번 생은 이것으로 만족한다.

국수 그것을 살리기 위한 생이라면
파밭 그 묵직한 흙냄새가 그리워도
이렇게 한 번 뜨겁게 살다 갈 뿐이다.

호박

애호박은 우리의 미래다.

우리의 미래 같은 것들이
인큐베이터 속에서
자연친화적으로
쏟아져 내리고 있다.

중요한 것은
표준화의 잣대를 통과하는 일.

머리카락과 코를 잘라
모가지쯤에 걸쳐놓고

두 팔은 사뿐 뽑아
아랫도리에 붙여놓고

아픔과
아쉬움을 훔치며

춤을 춘다.
우리의 미래 같은 것들이

디포리

밴댕이 말려두면
뒤가 퍼렇다고 〈디포리〉라는데,
안산 앞바다에서 놀던
밴댕이 소갈딱지는 말고

멀리,
베트남 하롱베이 그 잔잔한 바다에서
푼푼하게 놀던 놈으로
준비했습니다.

세상 안에서
소외당하고
세상 밖에서
버림받은 사람에게,

그리고 저기
내팽개쳐진 채로
절름거리며 걸어가는
대한민국의 자영업자에게

디포리 국물 한 사발 마시라고

저 멀리 베트남 하롱베이에서 놀던
푼푼한 놈으로 준비했습니다.

멸치

자유롭지 못하다고
불행한 것은 아니다

저 어둡고 칙칙한
박제된 상태에서도
꿈은 있다

푸른 바다,
향긋한 소금냄새와
요염한 수초들 사이에서
끝없이 정액을 풀어내며 살았던 것만이
삶의 전부는 아니다.

오히려
냉동고 저 깊숙한,
시간이 동결된 곳에서도
삶은 존재하는 것이니,

민물 끓어 넘쳐
짠내로 거듭날 때까지는
이렇게,

이런 자세로
기다릴 뿐이다.

이상의 소설 〈날개〉의 전반부를
패러디하는 '다시마'

'박제가 되어 버린 다시마'를 아시오? 나는 불쾌하오. 이런 때에는 지극히 불쾌하기만 하오. 육신이 뿌드득뿌드득 깨질 것 같을 때에만 정신은 바닷물처럼 맑소. 소금기가 내 빳빳한 피부를 스치면 그때야 머릿속에 백지가 준비되는 법이오. 그 위에다 나는 〈국수가 먹고 싶다〉라는 국숫집 테이블 위에 '잔치국수'와 '비빔국수'를 그려놓소. 불쾌하지만 먹음직스럽기는 하오.

나는 또 백종원과의 동거를 설계 중이오. 연애기술이야 보잘 것 없지만 사전과 컴퓨터를 통해 배우겠다는, 다시 말해서 정신 나간 다시마의 동거를 말하는 것이오. 이런 동거의 반은 적어도 내 것이오. 나는 그것의 반을 이 국숫집에 투자할 것이오. 그리고 낄낄거리며 국숫집이 걸어가는 것을 지켜볼 거요. 아마 플라스틱처럼 변해버린 내 육신에 견딜 수가 없어 이 지경인가 보오. 굿바이

사과

거창 촌놈 석구는
지 엄니가 땅이나 파먹고 살라며 던져준 사과밭을
온몸으로
그냥 사랑했다.

가을이면
주렁주렁 열리는 알맹이를 바라보고 있노라면
설렌다고도 했다.

그 중 잘 된 놈 몇몇을 골라서
일산 사는 내게도 보내주는
살뜰함도 잊지 않는 촌놈이었고

나는
친구 사이에 돈거래는 않는 거라며
그냥 잘 받아먹고만 있었다.
당연하게 그냥 잘 받아만 먹었다.

서울 사는,
대기업에 다니는,
사과밭을 껄떡거린다는 형에게

쥐버릴 때까지는
그렇게 그냥 잘 받아 처먹었다.

그리고 그 후로
술 한 잔 먹은 날 밤이면
석구로부터 전화가 왔다.
"씨발놈아, 서울 사는 씨발놈들아"
촌놈은 고래 고래 고함을 쳐댔고

달랜다고 다 주냐며
계집보다 못한 놈이라고
나도 덩달아 고함을 질러댔다.

당근

향기로운 사과가 아닙니다.
달콤한 배도 아닙니다.
저는 그저 촌티 풀풀거리는,
당근일 뿐입니다.

한 때는
뼛속까지 빨갛다고
'빨갱이'라 불린 적도 있지만,

그것 때문에 세상 등지고
땅 속 저 깊은 곳까지
제 자신을 묻어버리려고 한 적도 있지만

어쨌든
한 세상 이렇게 나왔으니
뼛속까지 붉은 이 단심丹心으로

저 국숫집
저 국수사발
저 국수타래 위에서

파란 호박과
고명으로 어우러져

한바탕 신명나게 놀다 가겠습니다.

무

나무가 되고 싶었다
키 큰 나무로 서서
하늘, 슬쩍 훔쳐 먹고
내 마음 휘젓는
무지개랑
저 세계 끝까지 날아보고 싶었다.
무는 나무가 될 수 없다는
것을 알기 전까지는.

파랗게 멍들었다.
내가 사는 한 뼘 밭이
세상의 전부라는 사실을
인정할 수 없어서
가지 뻗기도 두려워
온몸 똘똘 뒤틀려서.

부탁이 있습니다.
혹시나, 국숫집에서
국수 한 그릇 드실 일 있거들랑,
칼칼하게 육수라도 들이킬 일이 있거들랑
나무가 되지 못한

저의 한恨이
풀어져 녹아난 것이라고
그렇게 위로해 주시기 바랍니다.
아소, 님하!

물

물 건너오는 사람이 있고
물 건너가는 사람도 있다.

물 건너 온 시간보다
물 건너 갈 시간이 더 가까운 곳에서
쓸쓸한 것처럼 막걸리를 마신다.

사는 것은
한 잔 술을 마시는 것처럼
사소하기만 한데
아무리 뒤적거려 보아도
건져 올릴 것 하나 없는 인생이
한밤, 슬픈 것처럼 눈이 내린다.

내일이나
아니면 가까운 미래에
나는 더 멀리 어딘가에서
오늘처럼 술을 마시고
내리는 눈을 바라보고 있겠지만

그냥 그렇게

그게 다 그런 것이라고

부끄럽고
슬프고
안타까운 것들을
너그럽고 평안하게 바라볼 수 있다면
허전한 것처럼 나의 인생에도

봄눈이 배꽃처럼 쏟아질 것이다.

밀가루

바람에 출렁이는 밀밭에서
철없이 키운 사랑은 졌다.

삼백육십오일을 죄책감에 보내고
또 그렇게 시간과 세월을 보내고
속죄하는 심정으로
밀밭 길 위에 섰는데

부끄러운 사랑은 있어도
사람은 없고
단절된 기억들만
조각조각 모였다가 흩어질 뿐이다.

밀밭도
밀밭 길도
이제는 없는데

호주산 제면 공장만이
곰처럼
우뚝 솟았다.

배추

안타깝게도
모든 것들은 서로 멀어져 간다.

사랑하는 나도
사랑받는 너도

어제보다도
오늘은 이만큼 멀어져 왔다.

인생이 그런 것이라고
끄덕거리며 인정하기 전에

한 번쯤은
배추가 익어가는 과정을 볼 필요가 있다.

철저하게 껴안고 있는
그 틈에 대해 생각해 볼 필요가 있다.

쑥

호주산 밀가루,
멀대 같은 너에게
5천년 역사의 정통성을 부여하기 위해서
너에게로 나는 간다.

그냥 가지 않는다.
온몸 뜨겁게 말려지는
이 목마름의 고통을 지나서

살갖 샅샅이 찢겨지고
뼈마디 부서지고
가루져
공중에 분해되는 과정을 지나서

면발, 여기 저기에
가이없는 흔적을 남기기 위해서

너에게로
나는 간다.

양배추

어느 날 우리 식탁에
새색시처럼 은근히 올라와
앉은 자세가 고옵다

세상 부끄러워
얼굴 붉히며
온몸 가려보아도

진실은 가려지지 않고
드러나기 마련,

처음부터 아름다운 것은
그 다음도 아름답고
그 끝도 아름다울 뿐,

대접과 접시를 오가며
가지런한
하얀 속살은
우리 것이 되어 사랑스럽다.

소금

소금장수 할배는
소금 말고도
여기서
저기서
헤픈 사랑의 꽃씨
제법 뿌렸겠는데,

그런 할밸
평-생
그리며 산 할매는
안의 아니면
함양 어디메에서

밥은 말고
국수라도 툭툭 말아
오는 사람 배
가는 사람 배
그득그득 채웠다는데,

할배도 그렇고 할매도 마찬가지로
이문이야 남는 것이 있었겠냐만

할배가 남기고 간 소금과
할매가 말다남긴 국수로

오늘도
나는,
국숫집 주방의 불을 밝힌다.

마늘

경남 남해,
마늘집 막내딸 정아랑
비오는 4월에 우리는 결혼을 했네.

생고구마 하나 깎아놓고
평생토록 고생시키지 않겠다며
유치 찬란하게 불렀던 사랑의 세레나데가
로또 대박이 날줄은 정말 몰랐다네

상계동에서 은재 낳고
행신동에서 무현이 낳고
그렇게 합류한 나윤이에
레오, 보리, 루비까지
육쪽 마늘이 줄기를 중심으로 엮인 듯이
마늘집 막내딸 정아를 중심으로
알뜰하고 살뜰하게도 얽히고설켰다네

이제는 육십 하고도 가까운 즈음에
남편에게만 까칠한 정아는
생선보다는 고기를,
무보다는 배추김치를 좋아하고

국에 밥 말지 않는,
찬물을 마시지 않는,
드라마의 잔인한 장면을 건너뛰는,
외상이나 할부라면 학을 떼는,
울면 퉁퉁부어 눈물 씻은 흔적이 남는,
더위에 약한,
마늘집 여전한 막내딸인데

살아온 날들이 그랬던 것처럼
나머지는 그냥 주어진 덤이라고
정아랑 나랑 그리고 나머지 것들이랑
그렇고 그렇게 손가락 걸고 또 걸었다네.

고추

버림받아 본 적이 있다면
외로움의 깊이 정도는 알 것이다.

아메리카와 유럽에서
한 뼘의 땅도 허락받지 못하여,
쫓겨 온 아시아
여기서도 외면당한 나를,

설 자리 없어
비루하게 시들어 가던 나를,

따뜻한 알몸으로
온몸 완벽하게 안아준 당신이 있어,

촉촉하게 뿌리내리고
열매 맺어
국숫집 육수 칼칼한 맛으로
본때를 보이고 있는 나는,

케이푸드 중심에 우뚝 선
바로 그 고추다.

상추

인간 덜 된 것들은
국숫집에 앉아서도
정치판부터 펼쳐든다.

탐욕의 돼지새끼들로부터
잘 길들여진 진상들이
젓가락 대신
칼과 가위와 잣대부터 집어들고

빨간 것과 그렇지 않은 것들을 썰고
전라도와 경상도로 잘라 버린 뒤에
진보와 보수로 선을 긋는다.

나와 다른 것은 반동이고
나와 다른 것은 개시끼이고
나와 다른 것은 씨벌놈이라고 하기 전에

이 나라의 위대한 진상들도
비빔국수,
쟁반 위에 올려진 상추에 대하여
곰곰이 생각을 해봐야 한다.

상추의 존재에 대해

한번쯤은

인간적으로 생각해 볼 필요가 있다.

양파

폭발하는 우주를 잡아다가
겹겹이 쌓아올린 미련한 종자가
바로 저 양파다.

출생의 비밀이 들통 난 후로
부활의 황제에게 지목되어
하얀 속살 퍼렇게 멍이 들었고

영생의 제사장에게 끌려가서는
단것 다 토해낼 때까지
찢겨져 불 속에 던져졌다.

문제는 알싸한 단것 속에
달콤한 쓴 것도 있었다는 점이고

그것이 바로 모순의 하얀 덩어리
양파가 양파다운 이유일 것이다.

적채

잔치로 치자면 신관 사또 생일 같은 날.

쓸고 닦고 나르고 치우느라
관속들이 정신이 하나도 없는데,

은장도 빼어들고 수절하는 춘향이나
사령 불러 곤장 치장하는 변사또나
마패 차고 말총 다듬는 어사또나

따지고 보면
모두 다 자기 배 부르자고 하는 짓거리.

이참에 아싸리 그딴 것들 때려치고
국숫집, 허름한 자리라도 좋으니
술값이든 밥값이든 염려들 말고

보랏빛 치마, 보랏빛 저고리에
어얼쑤 지화자 진양조 풀어내는 저 처자,

적채의 춤사위라도 배워봄이 어떠할까.

파프리카

복장 터져 죽는 꼴 볼랍니까
우리 같은 풀것들도 격은 있는데
어쩌자고 국숫집, 비빔국수 접시 위에서
저렇게 천박한 적채와 어울리란 그 말씀
말입니까 막걸립니까
그냥 딱 입바른 소리 좀 할 것 같으면
비린 풀냄새 진동하여 사람마음 혼동케 하고
꼴값하는 낯짝에 동네 싸움 끝이 없어
그것만 하여도 감당키 어려운 일인데
징글맞은 보라색은 닥치는 대로 분탕질이니
하이얀 접시가 보라색이 되고
파아란 상추가 보라색이 되고
빨갛고 노란 것까지 보라색이 되어
저것이 이것이요, 이것이 저것인데
국숫집, 기술자 등신 같은 양반아.
당신 말 그대로 읊자면
인간은 고쳐 쓰는 것이 아니요
태어난 본성대로 살다 가는 거랬는데
인간만 그럴까 세상 만물이 다 그런 걸 왜 몰라.
저잣거리 제 집인양 나뒹굴던 양배추에
귀신같은 색을 칠해본들 그 본성 어디 가것소.

나 싫은 건 싫은 것이고
껄떡대고 주접부리는 건 당신 일이니
주방장 당신이나 잘 한번 데리고 놀아봅소.

잔치국수

어서오세요 손님
먼 길 오시느라 고생하셨는데
국수나 한 그릇 올리겠습니다.
남해 앞바다에서 뛰어놀던 멸치랑
베트남 하롱베이에서 놀던 디포리로
맑은 국물 칼칼하게 끓였으니
호박과 당근을 고명삼아
한 그릇 후딱 드시기 바랍니다.

깨

우리 농사님네들
새벽이슬 즈려밟고
나를 키운 보람은
음식을
향기롭게 만들라는 것도 아니고
맛나게 만들라는 것도 아니랍니다.
그것은 다름 아니라
세상에 아무도 손대지 않은
신성한 음식이라는 의미로
음식 위에 마지막으로 뿌려지는 것입니다.
당신을 존대하기 위한 것이
바로 저의 존재 이유입니다.
농사님네들이 저를 키운 보람이기도 하답니다.

---

* 농사님 : 농부를 높여 부르는 말.

얼음

국숫집의 여름은
얼음이 익으면서 시작된다.

투명한 결정체가
일어서는 콩들을 진정시키고

차라도 바꿔야겠다고 벼르고 있는
주방장 사내의 부푼 꿈도 잠재우고

흔들리는 치아 대신 임플란트의 꿈에 젖은
가련한 여인네의 소망조차 가라앉힌다.

여름이 익어갈수록
얼음은 투명한 결정체로 익어서
모든 것을 원점으로 돌려놓는다.

간장

가장 소중한 것은
너무나 흔하다.

흔해서 고마움을 모르고 산다.

공기가 그렇고
물이 또한 그렇다.

국수 장사를 시작하고
매일 마트를 간다.

그곳에는 진간장과 국간장이
숙성의 공간을 뛰어넘어 늘려 있다.

한 치의 염치도 없이
내가 손에 쥐는 것은
청정원 국간장

이것 하나면
국숫집 육수가 날갯짓을 해댄다.

멸치와 디포리가 부활한
생명의 맛으로 다시 산다.

비빔국수

사과랑 양파를 갈아서
고추장에 재웠습니다.
냉장실 음침한 곳에서
여러 달을 기다려
완성된 잘 익은 소스랍니다.
하얀 접시에 올려진
생면 위에 골고루 덮었으니
면만 비비세요.
그리고 그 옆에 놓인
상추랑 적채랑 파프리카를 곁들어 드시기 바랍니다.

고추장

세상이 좆같을 때는
잡것들을 모아놓고
빨간 고추장 한 숟갈 듬뿍 떠서
허벌나게 비벼 버려!

숨이 턱까지 차오르고
손목이 절름거려도
전부 다 비벼놓고
닥치는 대로 먹어 버려!

숟가락 가득 처 넣다보면
그것도 용서가 되고
이것도 이러려니 하고
나도 나려니 하고 이해가 되거든

인생이 엿 같은 거라며
부른 배때기 탕탕거리며
고추장에게 한 수 배웠다고
그냥 그렇게 주절대 버려!

김가루

나는 국숫집 엑스트라

그 많은 국수 가운데
진치국수를 위하여 존재한다.

하얀 국수 그릇
폴폴거리는 육수 위에
천박하게 나풀거리는 육신을 눕혀놓고

이렇게 웃다가
저렇게 울다가

끝내 버리고 가야 할

바닷가 싱싱한 짠내
출렁이며 흔들거리는 흔들림
젊은 날의 뜨거웠던 꿈

콩국수

한 여름 땡볕 아래서
오늘 하루도 잘 사셨습니다.
당신을 위하여
부석사 주변 넓은 벌에서 키운 부석태를
세 번을 갈고 또 갈아서
상에 올립니다.
땅콩이나 호두나 잣 등의
견과류를 전혀 섞지 않았으니
혹시 알레르기가 있으신 분도
염려 말고 마음껏 드시기 바랍니다.
간은 되어 있습니다.
혹시나 싱거우면 말씀하세요
소금을 드리겠습니다.

〈우영우〉를 패러디하는 '다시다'

안녕하세요
이상한 조미료 다시다입니다.
똑바로 읽어도 다시다 거꾸로 읽어도 다시다
김치찌개 된장찌개 순두부찌개 부대찌개에도 다시다
미역국 된장국 콩나물국 북엇국에도 다시다
어묵탕 갈비탕 매운탕 감자탕에도 다시다

냉면집 김밥집 국숫집 죽집에도 다시다
기사식당 백반식당 중식당 일식당에도 다시다
마트 편의점 슈퍼 재래시장 백화점에도 다시다인데

요리사도 조리사도 주방장도 주부도 손절하는 모순의 가루,
똑바로 읽어도 다시다 거꾸로 읽어도 다시다랍니다.

열무국수

콩밭 그늘 아래서 자란 것을
찬물에 담가두고 툭툭 털어
얼갈이와 함께
숭덩숭덩 썰었습니다.
소금에 절여두고
이렇게 뒤집고 저렇게 뒤집으며
밤을 보냈고
빨간 국물을 내기 위해
고운 채에 거르고 걸렀습니다.
국숫집 두 부부가 정성으로 담갔으니
빨갛게 썬 고추를 눈요깃거리로
깔끔하게 한 그릇 드세요

멸치액젓

인생의 길을 걷다가
비켜 앉았다.

보이는 것들은
나름대로의 방향을 향해
가고 있는데

문득 부끄러움을 느꼈다.

한 줌 재로 남는 것과
액젓으로 승화하는 것 중에서

삶의 보편성을 따져보았다.

멸치가 이겼고
나는 부끄러움을 느꼈다.

설탕

저를 사랑한다면
그냥 삼키지 마세요

천천히 오래도록 남아서
혀끝으로 휘파람을 불어 주세요

달콤한 소리가
세상 밖으로 퍼져나가고

우리의 사랑이 익어서
열매를 맺을 때까지

저를 사랑한다면
그냥 삼키지 말아 주세요

국수가 먹고 싶다

내 기억의 저쪽 부엌에는
불어터진 국숫발 가닥가닥이
허한 뱃속처럼 배배 꼬여 있었다.

먹어도
먹어도
배가 고픈데

먹어도
먹어도
허기진 모순의 젓가락질

나는 비로소 버리는 법을 배웠다.

보낼 것은 떠나보내고
잊어야 할 것은 잊고 살았다.
그렇게 살았다
그런 게 사는 건 줄 알았다.

그런데 그런 삶의 끄트머리에서
터무니없이 추락할 때마다

눈 떨리고
손 떨리게 허우적거릴 때마다

내가 건져 올리고 있는 것은
추억 속에서 버리고 온 국수였다.

오늘은
그런 국수가 미치도록 먹고 싶다

Part 2

번
외
편

그게 다 그거더라고

눈 한 번 감고 좋아해 보면
그게 다 그거더라고

눈 한번 감고 싫어해 봐도
그게 다 그거더라고

아싸리 싫은 거 그렇게 싫어해 버리고
자유를 잃어버린 거 잃어 찾지 않는 거

자유면 다 자유가 아니고
잃으면 다 잃는 것도 아닌데

눈 한번 다시 감고 떠나 버리는 거
그게 다 그거더라고

출사의 변

한 해의 언저리에서 망초꽃을 보았습니다.
계란처럼 생겼다며
계란꽃이라고 불러댔던 그 꽃이
오랜 세월의 흔적을 털어내며
흔들리고 있었습니다.

보잘 것 없는 내력을
아들에게 설명했습니다.

아이는 관심 없이
꽃이 떠받치고 있는 하늘만 바라보며
꽃잎 몇 장 위에
아버지의 인생을 올려놓고 있었습니다.

어쩌면, 이번 주말쯤에
아들을 데리고
다시 그 언저리로 가야할 것 같습니다.

그래서 내가 망초꽃과 같은 것이라면
망초꽃도 나도 존재 이유가 있는 것이라고
그 존재 이유에 대하여
언성을 높여서라도 설득시켜야 할 것 같습니다.

성수에게 보낸 문자 메시지

좋은 날에 멋진 사위 맞게 된 걸 축하하네. 한평생 식장을 들랑거려 놓고선 정작 제 친구 딸 결혼식은 참석 못한 내가 한심스러운 날일세. 앞으로 좋은 일 거듭 생길 텐데 자알 준비하시게나 그려!!!!

성수에게서 받은 문자 메시지

철없는 딸내미 신랑 따라 떠나보내고 염주 돌리는 마누라 옆
에 두고 맥주 한잔하는 내가 새삼 늙어 보이네 그려. 자네라
도 옆에 있으면 좋으련만 술만 벗이 되어 정신이 혼미하다
네!

가을 문턱에서

가을 문턱에서
고스톱을 쳤다

세상 살면서
이겨본 적이 없어
이거라도 이겨보겠다고 덤빈 것이
패착이었다

손에 쥔 일곱 장 중에서
광이 석 장

광이나 팔고 밥이나 먹고 살려 했는데
앞엣놈이 먼저 죽으며
나보고 부탁한다고 했다.

인생이란 게 별거 있나
'못 먹어도 고!'라고 내질렀지만

광 석 장 쥐고 앉아
피박에 멍박에 고도리까지 당한
내 인생의 가을 문턱이었다.

보리의 꿈

늙은 사내가
술을 마시며 들려준 이야기

곰이 인간이 되었다는
곰이 여자가 되었다는
엄청난 출생의 비밀 이야기

널브러진 술잔과 안주들 사이로
뒹굴고 있는 책을 주워들고
앞으로 읽고 뒤로 읽으면서

키우기로 한 꿈

개도 인간이 될 수 있다
개도 여자가 될 수 있다

쑥과 마늘 대신
인간의 음식을 똑같이 먹으며 견디기로 한
마지막 고통의 백일이여!

붕어빵 추억

하굣길 돌아 돌아서
모퉁이 접어 서면

붕어빵틀 끼고 앉아
못된 눈깔 내리깐 할매

울리는 액션 신호!

눈동자는 슬프면서 화가 난 듯
어깨는 늘어뜨리고
배를 살짝 움켜쥐고
다리는 쥐가 난 듯

곰탱아!
부르는 소리는 붕어빵 두 마리
연기 점수 백점

아무런 반응이 없으면
붕어빵도 연기 점수도 빵점

그럴 때는 붕어빵틀을 향해

할망구를 향해 날리는 돌팔매질

이제는 그리운 그 돌팔매질

은재 봉투

첫 월급을 탔다며
봉투 하나 내민 은재

아내는 부엉이 벽시계를 사들고
좋은 일만 있겠다며
나더러 의미 있게 쓰라고 부추긴다.

돈 쓰는 것에 서툰 내가
술사서 먹을까 밥사서 먹을까를 두고
하루 종일 고민하다 내린 결론

밥 사서 먹기로 했지만
중국집과 칼국숫집 가운데
왔다 갔다 왔다 갔다 하다가

중국집으로 정하고 간 곳에서
짜장면과 짬뽕을 놓고 또 망설이다가
짬짜면으로 합의를 보지만

탕수육 시켜놓고
찍먹과 부먹 사이에서 진공상태가 된다.

돈 가지고도 사는 것이 이렇게 힘든데
돈 벌자고 사는 것은 얼마나 힘들지

우리 딸네미 봉투를 만지작거리며
울먹울먹 거렸다.

늙는다는 것은

늙는다는 것은
주변의 사람들을 하나씩 지워가는 것

오래 전에 외할머니를 지웠고
큰아버지와 큰어머니를 지웠으며
작은아버지는 작년에 지웠다.

내게 정말 살갑게 대해 주시던
진주 작은어머니는
돌아가신 후 부고 한 장 받아보지도 못한 채
쓸쓸하게 지워야 했다.

지우는 일이 익숙할수록
지워야 할 사람들은 더 많았다.

송해 강수연 유상철 김주혁 박완서 김일
박경리 최동원 이주일 박정희를 지워야 했고

작은 수필집으로 만난 성철스님은
밤새도록 대화를 나눈 후
다음날 1교시 수업 후 쉬는 시간에

불현듯 지워야 했다

늙는다는 것은 결국 지우는 일
내가 지워지기 전까지는
지우는 일을 계속 해야 할 것 같다.

루비의 꿈

나는 시베리아 고양이
인간들로부터 길들여진
11층 30평 공간

그 안에서
푸들에게 물리고
새장의 새에게 쪼이고
도마뱀에게 물어뜯긴 세월

누군가 베란다 창문만 열어준다면
멀리 뛰어내려
저 황량한 시베리아 벌판
내 고향에 닿을 수 있으련만

거기라면 호랑이를 잡고
고래도 두어마리 잡아올리고
몰아치는 눈보라를 가슴으로 안으며
마음껏 이 수치심을 씻을 수 있으련만

눈가에 어슬렁거리는 날파리만
잡으려고 벌렁벌렁
잡으려고 펄렁펄렁

바람이고 싶다

에미 뱃속 깊숙이 숨었는데
바람이 부르는 소리에 이끌려
나온 곳이 세상이란다

감나무 흔들리는 가지와
우물 깊은 곳에서 들려오는
유혹의 이명 소리
원망한들 물릴 수 없는 것이 세상이란다.

일수불퇴의 원칙 아래
발 동동 굴리며 하소연도 했지만
죽어서 돌아가라는 냉정한 말들

그럴바에야 차라리 바람이 되어
거기 인간들 사는 곳에 머물다
어차피 가진 것 없는 빈털터리가 되어

돌아가는
바람이고 싶다.

매일 우는 남자

남자는 평생 세 번 운다는데
나는 매일 세 번 운다.

〈우리들의 블루스〉를 보면서
김혜자를 부둥켜 안고 울다가
이병헌과 꺼이꺼이 흐느끼다가
아내와 두 손 맞잡고 울었고

잠들기 전에는 소주 한 잔 깨작거리며
물가가 이렇게 뛰는데
국숫값 500원도 올리지 못해
머뭇거리는 내가 등신같아 울었고

아침에는
보리 루비 솔이 방울이 밥까지 챙기라는
아내의 잔소리에 기가 차서
양치질 칫솔로 목구멍 쑤셔대니
본의 아니게 컥컥거리며
그렇게 매일 세 번씩 운다

태종대 자갈마당

태종대 입구
옆길로 접어들면
바다보다 먼저 자갈 구르는 소리가
압도한다.

구르는 자갈은 파도보다 빠르게
세월을 건너 뛰고

그곳에서 입술을 허락했던
소녀들은
이제는 새가 되었거나
아니면 꽃으로 활짝 피었을 터

자갈밭에 누워
산울림의 노래를 흥얼거리던
친구는

구르는 자갈을 밟고
바다로 가서는
더 이상 돌아오지 않았다.

고래가 되었거나

물개가 되었다는 소문만

구르는 자갈들이 들려줬을 뿐이다.

된장찌개

나이 들수록
이상하게 당기는 것이
된장찌개다

호박이랑 두부랑 파에
된장 한 숟갈 두드려 넣고 끓여도
완벽한 한 끼인데

음식은 정성이고
재료는 순서가 있는 것이라며

된장찌개 한 뚝배기에
아내의 핀잔이 한 그릇

나이 들수록
좋아하는 음식
마음껏 즐기는 것도 좋지만

말도 행동도
조심하고 정성을 들여야 한다는

된장찌개 한 그릇 끓이면서
되짚어준 아내의 잔소리였다.

Part
3

국수 기술자의 하울링

패를 접다

학원 강사였다.

과목은 국어였고 논술도 강의했다.

대상은 재학생 및 재수생을 가르쳤다.

언제나 바빴다. 이른 아침에 시작된 수업은 매일 늦은 밤이 되어서야 끝이 났고 명절과 어린이날을 제외하고는 항상 강단 위에서 학생들과 함께 했다. 힘들거나 하기 싫다거나 하지는 않았다. 오히려 바쁠수록 눈은 초롱해졌고 자꾸만 술이 땡겼다.

우리나라에서 최고라는 대학을 나온 선배 강사가 있었다. 자신은 사회의 일원으로서 후학을 양성하는 이 명예로운 자리에 서 있다는 것이 자랑스럽다고 했다. 술만 마시면 그 자랑스러운 직업에 대하여 언성을 높였다. 순 거짓말인 줄 알면서도 나는 맞장구를 쳤다. 돈 때문이 아니라고 고래고래 고함을 질러댔다. 그래야 술이 깼고 우리는 또 2차를 가서 같은 거짓말을 해댔다.

나는 강의를 잘한 것도 아니었다. 강사 평가 설문조사에서 넘어야 할 8점대를 나는 통과하지 못했지만 언제나 살아남았다. 아부를 잘했기 때문이다. 대상은 가리지 않았다. 선배와 동료와 후배 강사들에게 닥치는 대로 아부를 해댔다. 약발은 분명히 있었고 그런 아부로 인하여 〈방송강의〉를 했고 수천 명의 학부모 앞에서 〈입시설명회〉도 했으며 모 기업체에서 운영하는 학원에서 〈원장〉이라는 직책도 맡았다.

모두 패가 좋았기 때문에 가능한 일이었다.

그렇게 시간이 흘렀고 원장 직을 내려놓아야 할 때가 되었다. 많은 고민을 했다. 학원가에 남아서 다시 강사로 돌아갈 생각도 해 봤고 역량 있는 강사들을 모아서 동업을 생각해 보기도 했다. 어떤 학원에서는 조건 없이 운영을 맡기겠다고도 했다. 그러나 아무리 생각해 보고 또 생각해 보아도 이건 좋은 패가 아니었다.

그래서 패를 던졌다.

접기로 한 것이다.

길에서 놀다

　우선, 자전거를 한 대 구입했다. 미아리 고개에서 자전거 대리점으로 성공한 후배에게 50만원을 쥐어줬더니 풀세트로 가져가랜다. 역시 출세한 사람은 그릇부터 달랐다.

　헬멧, 안면가리개, 선그라스를 착용하니 제법 멋이 났고 폼도 났다. 적어도 자전거 경력 10년쯤은 되어 보이는 중년 꼰대의 모습에 사뭇 감탄을 했다. 이렇게 여유롭고 있고 멋있어도 되냐고 나는 나에게 물어대며 철없이 히죽거렸다.

　강매역에서 여의도까지 완주했다.

　강매역에서 강남까지도 완주했다.

　다음 목표는 강매역에서 구리까지 가는 것이었는데 갑자기 의문이 생겼다. 나는 왜 매일 맹목적으로 자전거를 타고 있는가? 그래서 막걸리를 마셨다. 자전거 페달을 밟아야 하는 고통보다는 백배는 더 행복했다. 끝없이 펼쳐진 갈대밭이 그제서야 낭만적으로 다가왔고 그 곁에서 뻘쭘하게 서 있는 한강도 조금은 멋있어 보였다.

거창에 사는 친구를 찾아가기도 했다. 말만 나오면 씨발 놈이라고 싸질러대는 이놈은 원래 그런 줄 알고는 있었지만 나에 대한 배려라고는 전혀 없는 그런 인간이었다. 그냥 앉아서 술이나 마시고 있으면 되는데 느닷없이 산삼 캐러 가자고 해놓고 온 산을 헤집고 다녔다. 산삼, 그 비슷한 것, 하나도 캐보지도 못하고 나는 산 속에서 넘어지고 뒹굴고 심지어 기어다니기까지 했다. 이 친구와의 우정을 위해 내가 더 머물렀다가는 죽을 수도 있겠다는 생각이 들어 당장 도망을 쳤다. 두 번 다시 만나선 안 될 화상이라고 학을 뗐다.

도서관이 그나마 잘 어울렸다. 조용히 앉아 책장이라도 넘기며 잉크 향이라도 맡고 있으면 나름 우아해 보이기도 했다. 그리고 나와 같이 직업 없는 실직자들이 제법 많다는 것에 대하여 상당히 위로가 되었다. 불량한 심성과 바르지 못한 시선으로 대상을 보니 모두가 나와 같은 사람으로 보인 것이리라. 부끄러울 따름이었다. 어쨌거나 나는 이런 나름대로의 만족스러운 분위기와 환경 속에서 1년 정도는 버티기로 마음 먹었지만 젊은 도서관 사서에게 찍히는 바람에 발길을 끊어야 했다.

"게임 금지입니다, 게임을 하시면 안 됩니다"

책을 읽다가 머리가 아프고 눈이 침침할 때면 심심풀이로 인터넷 바둑을 두곤 했는데 도서관 사서는 그것을 지적한 것이다. 알겠다며 즉시 바둑을 그만두고 컴퓨터도 꺼 버렸지만 뭔가 어쭙잖았다. 그리고 다시 몇 번의 같은 상황이 반복되면서 때론 욱하는 더러운 성깔이 올라왔지만 그만 두기로 했다. 아마도 내가 만만해 보였으리라.

뭔가 좀 스케일이 크고 화려한, 그런 일을 해야겠다고 생각을 했다. 그래서 단역배우가 되기로 했다. 쉽게 말해서 영화계에 진출한 것이다. 길을 잘못 들어서 그렇지 처음부터 이 길로 갔다면 최수종, 혹은 차인표, 어쩌면 최민식…, 〈명량〉의 주인공은 내가 되어야 했다.

밤 12시에 여의도로 갔더니 거기에도 나와 같은 사람들이 수두룩했다. 버스에 타라고 해서 탔고 밤새도록 달려서 내려준 곳이 문경인가 어딘가였다. 버스 3대로 왔으니 모두 120명 정도는 되어 보였다. 어떤 젊은 녀석이 마이크로 어이, 어이하며 우리를 불렀고 줄까지 세운다. 나는 좀 멋져 보이기위해서 가능하면 앞쪽에 서려고 했다.

"당나라 군사3!"

내 배역이 정해졌다. 젊은 녀석이 사람 보는 눈은 있어 가지고 이 많은 사람들 가운데 나를 군사3으로 배역을 줬다며 기특하다고 생각했다.

"여기는 당나라 군사1, 여기는 2, 여기는 나머지 3..헤쳐모이세요!"

아, 이럴 수가 있나. 제법 똘망똘망해 보이는 사람 40명이 당나라 군사1이고, 그 다음 40명이 2이고, 헤벌레하고 뭔가 부족해 보이는 나머지 사람들이 모두 당나라 군사3이었다.

그 다음부터는 줄창 기다렸다. 치사하게 밥도 안 줬다. 점심때가 돼서야 도시락 하나 던져 줬다. 정말 열받았다. 대신 세상에서 제일 맛있는 밥을 오랜만에 먹었다. 그리고 시작된 것이 죽는 역이다. 그냥 죽으면 안 된단다. 폭약 터지는 소리에 맞춰서 비참하게 죽어야 했다. 나는 나름대로 멋있게 죽었는데 무술 감독은 자꾸 나더러 연기를 못한다고 지절질을 해댄다. 개새끼, 너 만한 제자가 한둘이 아닌데…. 중앙대학교, 동국대학교, 연극영화과 보낸 제자가 한둘이 아닌데, 이놈들은 다들 어디서 뭣하고 있는지 괜히 하늘을 두고 총질을 해댔다.

그리고 전국에 알렸다.

내가 당나라 군사3으로 출현을 했으니 다들 재밌게 보라고….

김포의 물류 창고에서 물품을 분류하는 일도 했다. 일은 힘이 들었고 격했지만 퇴근 후에 술 한 잔 할 수 있다는 것은 대단한 위로가 되었다. 무엇보다 함께 할 동지가 필요했다. 내가 술을 사겠다고 같이 가지고 했지만 대부분의 사람들은 정중하게 사양했다. 여러 가지 이유가 있었을 것이리라. 그런 가운데 최씨를 만났다. 금을 세공하는 일을 했다는 최씨는 항상 겸손했고 의외로 털털한 사람이었다. 몇 번 내가 술값을 계산한 것이 미안했던지 그가 나를 데려간 곳이 바로 그 문제의 국숫집이었다. 문제는 바로 그 국숫집이 문제였다.

도시 한 귀퉁이 하꼬방에서 나는 자랐다. 가난이 뭔지도 모르고 남들이 그렇게 사니까 우리도 그러려니 했다. 학교를 갔다오면 집은 텅 비어 있었고 부엌 한모퉁이에는 노란 국물과 함께 국수 한 다발이 있었다. 차가운 국물에 국수 다발을 풀고 간장을 얹어서 먹는 국수는 세상에서 최고 맛없는 풀떼기였다.

"오늘은 국수에 소주 한잔 합시다"

최씨가 국수를 내밀며 걸걸하게 술을 따랐다. 취기가 갑자기 올랐고 개구리 울음소리가 멀리서 들여오기 시작했다.

개구리 맛을 안 뒤로 국수대신 개구리를 잡아먹기로 했다. 어디서 구했는지 모를 쇠꼬챙이를 들고 코난처럼 논두렁을 쑤시고 다녔다. 천지에 널린 것이 개구리였다. 찔러서 잡아 올리고 손으로 움켜쥔 후 때기장을 치기도 했다. 개울가에서 손질하여 껍데기를 벗기면 완벽한 식재료였다. 연탄 불 위에 올려놓고 굵은 소금을 뿌린 후에 구우면 고기 굽는 고급스러운 냄새가 진동을 했다. 그것은 닭고기보다 더 맛있었다. 온 논두렁의 개구리는 모두 다 내꺼였다.

"국수 말고 개구리를 구워 주세요. 저기 밖에 천지로 있는 개구리를 구워 달란 말입니다. 개구리요!."

나는 국숫집 주방을 향해 고래고래 고함을 질러댔다.

진상이 따로 없었다.

화정에서 건진 국수

나는 국수를 버렸다. 하지만 아이러니하게도 국수를 건져서 인생 2회전을 치르기로 했다. 왜냐고 물으면 할 말이 없다. 그저 인연이 있었는지도 모를 일이다. 아니면 이제 막 중학생이 된 두 아이를 뒷바라지해야 한다는 현실적인 문제가 더 절실했는지도 모를 일이다.

나만 빼고, 나를 아는 모든 사람들이 반대를 했다. 미쳤다고도 했고 정신 나갔다고도 했으며 한 달을 버티면 다행이라고 대놓고 악담을 퍼붓는 사람도 있었다. 정말 정말 많은 사람들이 대놓고 반대를 했지만 나는 그것이 나에 대한 사랑과 애정이라고 아주 고맙게 감사해 했다.

탱큐 베리 마치였다.

가장 중요한 것이 바로 국수를 먹어 보는 일이었다. 처음에는 거북했지만 그것도 일이라고 생각하니 그럭저럭 먹을 만했고 나름대로 맛도 음미할 정도는 됐다. 독서관에서 음식과 관련된 책자들을 모두 섭렵했고 인터넷과 티비를 통해 제공된 정보들을 바탕으로 끓여보기 실전연습을 거듭했다. 우선 식재료들을 쭉 나열해 놓고 가장 좋은 조합을 만들어 놓고 겹치는 것들을 빼는 형식으로 레시피를 만들어 나갔다. 비빔소스도 같은 방식으로 배합을 해서 숙성을 하고 숙성된 것을 바탕으로 재결합 및 제외시키는 방식을 통해 완성해 갔다. 그 과정은 재밌는 놀이였다.

번화가 입구에 10평의 작은 가게를 인수했다. 보증금에 권리금까지 달라는 대로 다 줬다. 부동산 업자가 권리금을 다 줄 필요가 없다며 딜을 해보라고 했지만 그런 구차한 것은 그냥 패스하기로 했다. 나도 이상한 임차인이었지만 그 부동산 업자도 이상하긴 마찬가지였다.

멍청한 선택은 또 있었다. 국숫집의 서브 메뉴는 당연히 김밥인데 가게 건너편에 김밥집이 있다는 이유로 서브메뉴를 포기한 것이다. 상도덕이 어떠니 저떠니 하며 나는 김밥을 포기한 이유를 들었다. 그나마 다행인 것은 그런 가운데서도 방관만 하던 아내가 합류하겠다는 의사를 밝힌 것이다. 멍청한 선택을 하던 과정에서도 뜻밖의 횡재수는 있었다.

작은 가게는 손님들로 넘쳐났다. 번화가 입구라는 입지 요건과 개업발, 그리고 주변에서 유일한 국숫집이라는 요소들이 가게를 번성하게 했다. 아침부터 저녁까지 손님들은 끝없이 몰려왔다.

"육수가 환상적이네요"

엄지손가락을 우뚝 세우며 손님이 말했고.

"면을 직접 뽑나 봐요. 면이 예술입니다"

또 어떤 손님은 그렇게 치켜세웠고

"비빔국수가 짱입니다"

쌈 채소에 싸먹는 비빔국수에 대해서도 한마디씩 했다.

개업 후에 정신없는 날들이 계속되면서 이것이 제발 개업발이 아니기만을 바랐다. 손님이 좀 줄어든 날이면 이제 올 것이 왔구나하는 불안한 마음이 이어졌고 다시 바빠지면 개업발이 아니라 제대로 된 평가를 받은 결과라고 위로했다.

"이번 여름만 잘 넘기면 되겠네요. 〈콩국수〉와 〈열무국수〉를 준비하세요"

건너편 떡집 사장의 조언이었다. 말인즉 여름을 위한 특별한 음식을 준비해야 한다는 것이다. 누가 여름에 따뜻한 국수를 먹겠냐며 여름 특별식으로 시원한 〈콩국수〉를 준비하고 〈콩국수〉를 싫어하는 사람을 위해서 〈열무국수〉도 준비해야 한다는 것이다.

선택의 여지는 없었으므로 바쁜 과정 속에서 〈콩국수〉를 끓이기 시작했다. 수많은 실패와 그리고 주변 분들의 도움으로 콩국수는 그럭저럭 레시피를 잡아 나갔지만 〈열무국수〉가 문제였다. 한 번도 〈열무국수〉를 먹어 본 적도 없었고 어떻게 해야 하는지도 알 수 없었다. 〈콩국수〉는 여기 저기 레시피라도 있었지만 〈열무국수〉는 그런 것도 없었고 여름 초입이라 판매를 하는 곳도 없었다.

"우리 식대로 그냥 해요"

아내가 제안한 것이다. 좀 더 정확히 말하면 아내가 나에게 해주던 방식대로 하겠다는 것이다. 아내는 여름이면 빨간색의 시원한 김치국물을 내서 식탁에 올렸는데 그것이 바로 열무로 담근 김치국물이고 그것을 그대로 〈열무국수〉로 옮겨놓겠다는 것이다. 음식 솜씨로 치면 전국 상위 1%라고 인정했던지라 아내를 믿을 수밖에 없었다. 뜻밖의 선택이 또 대박을 치게 된 것이다.

개업 때보다 여름의 국숫집은 사람들로 난리가 났다. 빈자리는 없었고 자리가 없어서 돌아가는 사람들도 있었다. 그렇게 여름을 보냈다. 정말 힘든 여름이었다.

그리고 9월이 되면서 손님들이 뜸해지기 시작했다. 여름을 대표하는 국수로 효과를 보았으니 이제는 겨울을 대표하는 국수를 준비하기로 했다. 이제는 뭘 해도 될 것같다는 자신감으로 충만해 있었다.

〈팥국수〉와 〈닭개장국수〉와 〈굴국수〉를 하기로 했다. 굴은 통영에서 직접 공수했고 팥은 직접 삶아서 갈았다. 닭개장은 아내의 뛰어난 음식 솜씨가 그대로 반영된 것이었지만 결과는 모두가 다 실패였다. 몇 몇의 매니아들만 완전 심취해서 격찬을 보였고 나머지는 관심 없었다. 겨울이 되어도 〈잔치국수〉도 더 이상 팔리지 않았다. 지난 봄에 있었던 현상들은 모두 개업발, 그것일 뿐이었다.

그리고 가게 주변으로 여기저기서 베트남쌀국수가 들어섰고 돈까스집도 들어섰으며 중국집도 들어섰다. 국수는 쌀국수와 돈까스와 중국음식보다 선호도에서 한참 차이가 났다. 왜 국숫집이 번화가 초입의 이 번성한 거리에 없는지를 알게 된 것이다.

충격적이었다.

그리고 그 결과는 다음 해 여름이 될 때까지 아내와 나의 가슴 속에 수많은 상처를 남겼다.

다음 해의 여름 한 철을 보내고 우리는 쫓기듯 화정을 떠났다.

비참한 결과였다.

원당에서 건진 국수

두 번 다시는 국수장사 같은 것은 하지 않기로 했지만 그 테두리 안에서 벗어나지를 못했다. 가장 편한 자기만의 방식 안에서 해결책을 모색하게 된 것이다. 쉽게 말해서 겨울 장사만 성공하면 되는 것이니까 만만한 겨울 메뉴를 설정하게 된 것이고 그것은 칼국수였다. 얼갈이를 넣고 끓인 〈시장칼국수〉를 싼 가격에 팔기로 했고 〈육개장칼국수〉는 좀더 비싼 가격에 팔자는 것이다.

일 년 내내 사람들로 벅적대는 시장, 원당시장 입구에 가게를 얻었다. 이제는 지지 않겠다는 매서운 각오와 함께 오픈도 12월에 했다. 한 번 경험을 했고 그 경험을 바탕으로 좀 더 신중하게 개업을 준비했어야 했는데 우리는 그러지 못했다. 오히려 한 번의 경험치가 적당히 해도 잘 될 것이란 자신감으로 자리잡고 있었다. 국숫집은 그렇게 다시 오픈을 했다.

    일주일 동안 사람들로 벅적이더니 그 다음부터는 오픈발이 끊어졌다. 워낙 사람들의 발길이 잦은 곳이라 그럭저럭 들어오는 손님들은 있었지만 생각보다는 부족한 성적표였다. 나름대로 준비했던 칼국수에 대한 반응은 그냥 그런 편이었고 오히려 국수에 대한 평가는 좋았다. 그렇게 4월까지 아내와 나의 자존심은 국숫집의 주방과 홀에서 무참하게 무너지고 있었다. 부끄러웠고 치욕적이었다. 그렇게 5월이 왔다.

    〈콩국수〉와 〈열무국수〉에 대한 반응이 폭발적이었다. 화정과는 비교가 되지 않을 정도의 폭발력이었고 손님들은 오픈 시간부터 끝마치는 시간까지 끊임없이 밀려왔다. 그 많은 손님을 아내와 나는 다 치르냈다. 가끔 아이들이 와서 도와주기도 했지만 가능하면 가게 일과 아이들은 연관시키고 싶지 않았다. 특별한 일이 아니라면 아이에게 가게 일을 도와달라고 하지 않았다. 이건 아내와 나의 몫이었다.

    그런 바쁜 가운데서도 나는 칼국수에 대한 대책을 강구했다. 〈시장칼국수〉와 〈육개장칼국수〉는 이미 실패작이었고 누구나 좋아하는 칼국수를 내놓기로 했다. 그것이 바로 〈왕새우바지락칼국수〉였다. 그냥 바지락칼국수가 아닌 큼지막한 왕새우까지 2마리 듬뿍 넣은 〈왕새우바지락칼국수〉라는 메뉴였다. 가장 중요한 것이 재료를 공급받을 수 있는 선을 잇는 것이었고 시장의 상인과 인터넷을 샅샅이 뒤져서 업체를 선정했다. 레시피는 오히려 간단했다. 맛있는 〈잔치국수〉 육수에 재료를 넣고 끓이면 되는 것이니 그리 어려운 것도 아니었다.

10월이 되어서 메뉴 2개를 접고 새로운 메뉴 〈왕새우바지락칼국수〉를 내놓았다. 예상은 어느 정도 적중했다. 반응도 좋았고 우리 가게를 대표하는 겨울 음식으로 자리를 잡았다. 겨울 매출이 자리를 잡아가기 시작했고 〈잔치국수〉는 여전히 제 역할을 해냈다. 조금 아쉽지만, 아쉬운 대로 그 전보다는 나았다. 가게 월세와 공과금, 그리고 재료비를 제하고 나면 부족한 대로 아내와 나의 인건비가 떨어졌다. 그 정도였다. 여름에 벌어서 겨울에 먹고 사는 것이니까 그 정도 했으면 잘 했다고 스스로 위로를 하다가도 이건 아니라는 이상한 오기가 생겼다. 그래서 다른 무엇을 찾기 시작했다.

"굴국밥을 해 보세요"

대구에서 큰 식당을 운영하다가 여차여차해서 도서관 식당을 운영하고 있던 여사장이 슬그머니 던진 말인데 그것이 번쩍 머리를 쳤다. 정답은 오히려 가까운 곳에 있었다.

굴과 연관된 식당들을 수소문했고 찾아 다녔다. 서울과 수도권의 굴국밥 집을 들랑거렸고 쉬는 날은 통영까지 내려가서 시식을 했다. 그렇게 그 다음 여름도 정신없이 보낸 후 10월을 맞이했다.

국숫집에 굴을 도입한 것이다.

국수 외에 〈굴국밥〉〈굴돌솥비빔밥〉〈소고기돌솥비빔밥〉
〈굴전〉을 팔았다. 반응은 대단했다. 점심시간에 손님이 없으
면 나는 전단지를 들고 시장 주변의 사람들에게 나눠줬다.
짧게 돌리고 잽싸게 가게로 돌아오면 전단지를 거머쥔 사람
들이 가게로 들어서곤 했다. 홍보가 문제였고 손님들은 감탄
했다. 이렇게 나는 겨울 장사도 극복을 하게 된 것이다. 너무
많이는 벌지 말자고 했다. 그냥 뭐 적당하게만 벌자고 나 자
신에게 다독거리며 참으로 수고했다고 격려했다.

그런데 그 다음 해 2월에 〈코로나〉가 오셨다.

당장 매출이 뚝뚝 떨어지기 시작하더니 전년도의 매출 수
준에서 왔다갔다를 반복했다. 그나마도 우리 가게를 사랑해
주시는 단골 손님들로 인하여 지킬 수 있는 선이었다.

유레카를 외쳤지만 시절이 나를 배신했다.

정부의 지원금도 우리는 해당되지 않았다.

그리고 새 정부가 들어서니 이제는 불경기로 타격을 받고
있다.

세상은 살 만했고 요지경 속이었다.

꽃 핀 자리에 남은 흔적

식당 일을 만만하게 보면 안 된다. 어지간한 공사판의 일보다 더 힘든 일이 식당 일이다. 홀은 홀대로 힘들고 주방은 주방대로 힘들다. 그나마 나는 추위에 약하고 더위에 강한 체질이라 아주 용감하게 덤볐다. 주방의 큰불(육수나 콩을 삶는 큰 가스버너)을 다 켜고 중간불과 작은불을 켜고도 당당하게 음식을 해냈다. 벅차게 뜨거운 것들이 밀려들면 오히려 따뜻하게 품고 껴안아 버렸다. 가슴 뜨거운 여자라고 그렇게 생각했다. 그렇게 사랑하면 될 일이다. 그런데 그런 가운데서도 그 결과는 여기저기에 잔인하게 흔적을 남겼다.

맨 처음 만난 것이 〈테니스엘보〉였다. 팔의 관절과 손목에 장애가 왔다. 뭔가 좀 멋진 장애가 생겼다는 생각이 들었고 약국에서 구입한 보조물품으로 손목과 관절에 압력밴드를

차거나 껴입어야 했다. 여기까지는 참 멋있는 장애였고 통증이었다.

하루 종일 손을 물에 담그야 하는 것이 국숫집 일이다. 습진이 생기기 시작하더니 손등 여기저기서 마디마디 갈라지고 부르튼 습진이 생겼다. 남자 손 치고는 상당히 여리고 곱던 손이 가려워서 긁고 쥐어뜯는 과정에서 흉하게 변해갔다. 그냥 그러려니 하며 달고 살아야 했다.

조리용 고무장갑에 심각한 문제가 있다. 주방에서의 일은 항상 위험이 따른다. 온갖 조리대에 찍히고 긁히는 것을 막아 주고 뜨거운 버너 위의 기구로부터 나를 지켜주는 것이 바로 고무장갑이다. 이 장갑은 수십 번을 벗었다가 다시 껴야하므로 긴 것은 소용이 없다. 손목까지 오는 짧은 것이어야 한다. 그렇다고 1회용은 안 된다. 두께가 얇아서 찍히고 긁히고 뜨거운 것으로부터 자유롭지가 않다. 보통의 고무장갑과 같은 두께이면서 손목까지 오는 조리용이어야 한다. 하지만 진짜 문제는 이런 고무장갑은 여성용 밖에 없다는 것이다. 꽉 끼는 고무장갑을 끼고 일하다 보면 어느 순간 손목 아래가 저리고 마비가 온다. 그럴 때는 고무장갑을 벗어 던지고 준비해 둔 침을 그곳에 찔러 피를 내야 했다. 언젠가는 저 고무장갑으로 인해 몸이 마비될 것이란 끔찍한 생각이 든 것이 한두 번이 아니었다. 그래서 한 번은 고무장갑을 생산하는 공장에 전화를 해서 남성용도 만들라고 했지만 관계자는 시큰둥하게 알았다고 하고는 그만이다. 참 한심한 회사다.

발에 굳은살이 생기기 시작했다. 한 번도 생각해 보지 못했던 것들이 발바닥에 덕지덕지 붙어 있었다. 처음에는 뒤꿈치에 생기기 시작하더니 차츰 발가락 아래까지도 굳은살이 생기기 시작했다. 그러려니 했는데 그게 아니었다. 자다가도 발바닥이 간지러우면 미칠 지경이었다. 못이라도 들고 꾹꾹 눌러줘야 가라앉곤 했다. 쉬는 날이면 목욕탕에서 굳은살 제거용 면도기로 그것들을 제거하는 것은 쉬운 일이 아니었다.

티눈이라는 것도 생겼다. 이것 역시 처음 보는 녀석이었다. 이상하게도 발바닥 옆쪽이나 발가락 마디 사이에 이것이 옹이처럼 생겼다. 신발을 신거나 슬리퍼를 신을 때에 이것이 스치면 정말 죽을 맛이다. 면도칼로 베어내야 한다는 것을 알고는 철저하게 잘라냈고 깎아냈다.

체중이 빠졌다. 군 제대 후 지금까지 한 번도 변하지 않았던 체중이 빠진 것이다. 78킬로였던 것이 10킬로나 줄었다. 체중을 만회하기 위하여 아무리 먹어도 빠진 체중은 돌아오지 않았다. 겨울이면 어느 정도 회복되던 체중도 여름이면 사정없이 빠져서 다른 사람이 되어 있었다.

머리카락도 빠지기 시작했다. 정말 신기한 것이 머리털이 전체적으로 빠지는 것이 아니라 여기 저기 듬성듬성 빠졌다.

빠진 곳에는 머리털이 없으므로 대가리가 드러났다. 털 많고
윤기가 흐르던 과거의 머리털은 오간 데 없고 늙고 추한 늙
은이가 바로 나였다. 거기다가 이가 차례대로 빠졌다. 국수
를 삶다가 빠지기도 했고 사리를 틀다가 빠지기도 했으며 육
수를 끓이다가도 빠졌다. 한번은, 밥통 속에서 딱딱하게 굳
은 쌀알을 씹었다가 윗니가 통째로 깨진 적도 있었다. 하나
를 고쳐 놓으면 또 다른 하나가 빠졌다. 국숫집에서 나는 갈
수록 영구를 닮아갔다. 그리고 이밖에도 등에 기름 덩어리
혹이 생기기도 했고 피부병으로 고생을 했으며 이명에 시달
리기도 했다. 한마디로 인간 꼴이 아니었다.

꽃 핀 자리에 남은 흔적이었다.

영원한 나의 파트너

'내 아내는 이런 사람이다'라고 정의 내리기는 어렵지만 간단히 야무지고 빈틈이 없는 그런 사람이라고 말하고 싶다. 하지만 그런 가운데서도 허점은 있고 그것이 특별하지도 않은 데도 특별나 보이기도 하는 법이다. 개업 첫날이었다. 채 칼을 휘두르다가 손을 베인 것이다. 떡집 사장이 잽싸게 병원으로 데려가서 꿰매고 상처를 치료했다.

"개업날 다치면 대박난대요"

돌아와서는 상처 난 손을 들어보이며 낄낄거렸다.

한 날은 가게 앞 신호등을 건너다가 앞발과 뒷발의 스텝이 꼬여 넘어져서 무릎을 작살내기도 했다.

거기다 가끔은 머리로 이것저것을 들이박았다. 식기세척기 모서리, 그 뾰족한 부분을 정확하게 들이박아서 난리가 난 적도 있다. 접시도 잘 떨어뜨렸으며 그릇도 야무지게 잘

깼다.

"두 분 이혼 안 합니까?"

우리를 아는 주변 사람들이 하는 말이다. 둘이 사이좋게 잘 지낸다는 것이리라. 사실 그랬다. 아내와 나는 서로 잘 지낸다. 가게에서도 그렇고 집에서도 그렇다. 하지만 딱 한 번 싸운 적이 있긴 있다. 화정에서 가게를 막 시작하고 우리는 싸웠다.

이유는 생각나지 않지만 민감한 시기였다. 우리는 영업 준비를 하면서 말다툼을 시작했고 끝내 주변의 것들을 다 집어 던지고 가게 문을 닫았다. 나는 공원으로 갔고 아내는 집으로 가버렸다. 한 30분을 그렇게 앉아 있었더니 갑자기 뭘 해야 할지 알 수가 없었다. 아무리 생각해 봐도 갈 곳도 없고 할 일도 없었다. 그러다가 가게로 가서 흩어진 것들이나 수습하자는 생각을 했다. 그것이라도 해야 할 것 같았다. 그래서 가게로 갔고 거기에는 아내가 먼저 와서 이것저것을 수습하고 있었다.

우리는 그렇게 그날 영업을 했다.

눈치 없는 손님들로 가게는 만석이었다.

내 포지션은 주방이고 아내는 홀이다. 우리는 최고의 파트너였고 적어도 둘이서 3명 이상의 역할을 수행했다. 주방이 바쁘면 아내가 주방을 뛰어들었고 홀이 바쁘면 주방에 있던 내가 홀로 뛰어나가 거들었다. 아내는 손님이 많고 바쁜 날이면 정말 아뭇 것도 먹지 않고 일만 했다. 어떻게 그렇게 일을 하냐고 하니 아무렇지도 않단다. 오히려 즐겁고 재밌다고도 했다.

아내는 자신의 밥은 건너뛰어도 내 밥은 꼭 챙겨주었다. 특히 3시에 먹는 점심은 빠지지 않고 챙겼다. 그전처럼 잘 차려진 밥상은 아니더라도 제법 살뜰한 아내의 밥상을 받았고 어떤 날은 반찬이 별로라고 옛날처럼 투덜댔다. 드문 일이긴 했지만 정말 바쁜 날에는 아내가 차려주는 밥상이 늦어지는 경우가 있었다. 그럴 때면 나는 화를 냈다.

그러면서 내가 깨달은 것이 있었다. 아내도 나도 서로가 다 힘든 상황에서 아내가 꼭 밥상을 차려야 할 이유가 없다는 생각이 든 것이다. 결혼 후 지금까지 나를 위해 차려준 밥상이 얼만데 여기 가게에서도 그래야 할 필요가 없다는 생각이 들었다. 그래서 아내가 차리던 밥상을 내가 아내를 위해 차리기로 했다.

지금까지 그 약속은 지켜지고 있고 나는 아내를 위해 매일 밥상을 차린다.

아내의 요리솜씨는 수준급이다. 그 과정이 요란하지도 않고 특별한 소스를 사용하지도 않는다. 딱 필요한 것 몇 개를 가지고도 놀라운 솜씨를 발휘한다. 손님들은 주방에서 조리하는 나에게 음식 솜씨가 좋다고 칭찬을 하지만 사실은 모든 음식을 주관하는 것은 아내다. 나는 다만 준비된 것들을 끓여서 내 놓을 뿐이다. 재주는 아내가 부리고 챙기는 것은 내가 챙기는 꼴이다. 거기다 정갈하고 깔끔한 상을 차렸다. 찬 그릇 하나하나의 위치며 그 위에 올려진 내용물조차도 가지런하고 깔끔해야 했다. 바쁘다는 이유로 위치며 내용물이 아무렇게나 올려졌다가는 당장 지적을 당했다. 눈으로도 먹는다고 했던가. 손님들은 눈으로 한 번 먹고 맛으로 또 한 번을 더 먹었다. 자연스럽게 가게 손님의 80%는 모두 단골들이었고 그들은 음식을 먹은 뒤에 그냥 가지 않는다. 잘 먹었다며 먹은 그릇들을 주방까지 가져다주고 간다. 좋은 음식을 먹게 해 준 것에 대한 작은 예의라고 했다.

겨울에는 시간이 남았고 그 남은 시간을 고스톱을 치라고 게임을 깔아줬다. 시간이 날 때마다 고스톱을 치는데 내가 보기엔 항상 그 수준인 것 같았다. 보통의 경우 그런 게임을 몇 번 치다보면 지겨워지고 그래서 그만두는 것이 상례인데 아내는 목숨 걸고 고스톱을 친다. 그리고 매일 게임머니를 잃었다고 징징거린다.

옆에서 훈수라도 둬서 게임머니를 잃게 되면 나 때문이라고 징징거린다. 그래서 그런 훈수 두지 않기로 했다. 그런데 이번에는 음악 볼륨을 너무 높여놔서 졌다고 나 때문이라고 징징거린다. 그래서 음악을 꺼버렸다. 그랬더니 이번에는 왜 훈수를 두지 않냐고 징징댄다. 참 손이 많이 가는 여자다. 하지만 그런 가운데서도 우리 사이에는 불변의 원칙이 있다. 그것은 다름 아닌 철저한 믿음이다. 아내가 무엇을 하든, 어떤 상태에서 어떻게 하든 나는 무조건 아내를 믿었다. 그러므로 아내가 하는 모든 것은 옳은 것이고 내 아내가 아닌 다른 사람은 모두가 잘못된 것이다. 적어도 나는 그렇게 생각했다.

그것이 영원한 내 파트너에 대한 예의다.

최고의 국수

〈팥국수〉는 팥을 불려서 삶고 갈았다. 아내가 가장 자신 있어 하는 것이 팥죽이었고 그것을 그대로 접목시켜 완성한 국수였다. 한번 먹어본 사람은 엄지를 치켜세우며 다시 방문할 의사를 보였다.

〈굴국수〉도 마찬가지였다.

〈닭개장국수〉도 마찬가지였다.

하지만 모든 메뉴가 실패했다. 이유는 대중성이 없다는 것이다. 영화로 치면 너무나 잘 만들어진, 작품성이 뛰어난 작품이지만 대중들로부터 외면당한 그런 국수였다.

그런 면에서 〈콩국수〉는 매출의 70% 이상을 차지했다. 그 국수에 대한 칭찬은 여름이 끝나갈 때까지 계속됐다. 절대 방송에 나가면 안 된다고 하던 손님들도 있었다. 방송이라도 타면 자신들이 먹을 수 없다고 엄포 비슷한 것을 놓곤 했다. 어떤 사람은 삐딱하게 앉아서 국수를 먹었고 나갈 때는 연신 허리를 굽신거리며 감동해 하는 사람도 있었다. 정말, 정말 어려서 먹었던 그런 국수라며 여름 내내 가게를 들랑거렸다.

한번은 시험 삼아서 가게 앞에서 〈콩국〉을 내놓고 팔아본 적도 있었다. 시장 앞을 드나들던 사람들에게 소주컵에 맛보기용으로 따라서 시음을 시켜 보았다. 그랬더니 받아 먹어본 사람들 네 명 중에 한 명 꼴은 콩국을 사 갔다. 돈을 버는 방법을 알았지만 우리는 그런 이벤트를 두 번 다시 하지를 않았다. 두 사람이 홀을 감당하는 것도 벅찬 상황에서 일을 더 크게 벌리고 싶지 않았다.

하지만 최고의 국수는 〈열무국수〉였다. 우리 집 국수를 온몸으로 사랑하는 팬들이 생기기 시작했고 메뉴의 모든 국수를 섭렵한 매니아분들이 주저없이 꼽은 것이 바로 열무로 담근 국수였다. 주저할 것도 없이 〈열무국수〉를 으뜸이라고 치켜 세웠다. 그건 〈콩국수〉에 빠져서 허우적거렸던 나 자신도 한 표를 던질 수밖에 없었다. 빨간 국물에 잠긴 국수 사리 위로 열무와 얼갈이와 빨간 고추가 어우러져 한 편의 시와 노래로 승화된 국수였다.

그런 국수 한 그릇이 나오는 과정은 만만치 않았다. 영업이 끝난 후에야 겨우 열무를 구입해서 집에서 다듬어서 절이고 그것을 밤새 뒤집는 것을 반복해야 했다. 다음 날에는 멸치육수를 끓여낸 그 재료들을 가지고 다시 열무국수를 위한 육수를 끓여내야 했다. 끓이고 걸어내고 끓여서 간을 하고 그리고 풀죽을 풀어내면 끝이 났다. 다음은 그 육수를 고스란히 식혀야 했다.

이것은 내가 할 일이고 아내는 아내대로 김치를 버무리고 빨간 국물을 곱게 우려내기 위하여 고춧가루며 양념을 망에다 넣고 익혔으며 퇴근 전에 내가 끓인 육수와 아내가 익힌 열무를 혼합하여 하루를 재우고 나면 빨간국물이 있는 열무김치가 완성되었다. 냉장고 한 곳은 열무만 담고 다른 한 곳에는 빨간국물만 담아놓고 주문이 들어오면 붓고 올려서 나가는 그런 과정과 방식을 통해 손님상에 올려졌다.

그런 메뉴를 우리는 원당으로 옮긴 지 3년째 되는 해에 접기로 했다. 아내의 여린 심성이 사람들의 지적질을 감당할 수가 없었다. 손님들, 특히 여자 손님들은 이런 국수를 이해하지 못했다. 그들이 생각한 것은 국수에 열무를 올려서 비벼 먹는 것이거나 아니면 사이다를 넣어서 시원하고 달달하게 먹는 그런 국수였다. 정말, 국수 한그릇 시켜놓고 아무 개념 없이 질러대는 사람들로 인해 상당히 상처를 받았다.

우선은 내 아내부터 챙겨야 했다.

그래서 최고의 국수를 미련 없이 버렸다.

제8요일(휴일)

아침 9시에 출근을 하면 영업을 시작하는 11시까지는 항상 바빴다. 나는 매일 멸치육수를 끓여야 했고 아내는 아내대로 할 일들이 많았다. 어쩌다보니 서로의 일이 분담이 되었고 우리는 자신이 맡은 일에 최선을 다했다. 일하는 동안 우리는 참 많은 이야기를 나눴다. 가장 많은 화제가 아이들 이야기였지만 서로가 살아오면서 겪었던 것들을 이것 저것 풀어놓는 것도 살뜰한 재미가 있었다. 연애를 하고 아이를 낳고 살면서 한 번도 나눠보지 못했던 이야기들이 국숫집 주방에서 풀어져 익어갔다.

여름과 겨울은 일의 패턴이 사뭇 달랐다. 여름에는 죽어라고 일을 해야 했고 겨울이면 손님을 하염없이 기다려야 하는 허무한 시간들로 채워졌다. 차라리 겨울보다는 여름이 더 좋았다. 몸이 힘든 것쯤은 어떻게든 참고 이겨낼 수 있었고 그만큼의 보람도 있었다. 하지만 겨울은 마음의 스크래치가 심하게 생겼다. 자존심도 상했으며 내가 하는 일에 대하여 부끄러움도 들었다. 읽지 않던 소설책을 하루에 몇 권씩 두드려 읽으면서 내가 나를 달랬다. 자영업이란 것은 시간 위에서 모든 것이 상처로 남았고 그것은 모두 본인의 몫이었다.

개업 후, 한참이 지나서야 알게 된 것이지만 주변의 모든 자영업자들이 쉬는 날이 없다는 것을 알았다. 옆집의 죽집, 옆집의 커피숍, 옆집의 편의점, 옆집의 미용실과 건너편의 떡집, 건너편의 피자집, 건너편의 김밥집이 쉬는 날이 없었고 유일하게 2층의 쌈밥집만 매주 월요일을 쉬었다. 일요일 저녁이 되면 쌈밥집 사장님과 사모님은 다음날 필드로 나간다며 자동차에 골프채를 싣곤 했는데 그런 두 분의 모습이 잔디 위를 달리는 완전한 자유인의 형상으로 찍혀졌다.

주변 사람들은 물 들어올 때 노를 저어야 한다고 했다. 나도 그런 줄 알았고 그렇게 3개월 정도를 쉬지않고 젓다보니 정말 미칠 것 같았다. 그래서 아내에게 한 달에 2일만 쉬자고 했고 아내도 동조했다. 드디어 휴일을 얻은 것이다. 휴일 전날에 일을 마치고 가게를 나서면 내일 뜨는 해가 미치도록 기대가 되었고 설렜다.

그런 하루를 그냥 보낼 수는 없었다. 이른 아침부터 목욕탕에 가서 발 각질을 제거하고 이발도 하고 마사지도 했다. 점심은 잘되는 음식점 중심으로 방문하여 시식을 했다. 내 가게가 아닌 남의 가게를 보는 눈은 달랐고 그전에 보지 못

1
1
6

했던 것들이 보이기 시작했다. 다른 가게를 통해 내 가게가 부족한 것들을 알게 되었고 종업원들의 움직임과 동선들을 보면서 아내와 나의 동선들도 되새겨보았다. 도서관도 갔다. 특별히 할 일은 없었지만 이상하게도 나는 도서관을 가면 마음이 편했다. 어려서부터 도서관에서 맴돌았던 죽돌이였으므로 그곳은 늘 나의 안식처였다. 그리고 저녁이 되면 아이들과 다함께 모여 맛있는 것을 먹었다. 너무 멋진 하루를 그렇게 보냈다. 그러니 자연스레 욕심이 생겼다. 아내에게 1주일에 하루는 무조건 쉬자고 했다. 아내가 펄쩍 뛰었다. 하루를 쉬면 쉰 만큼 돈이 빠진다며 거부를 한 것이고 나는 나대로 아내의 그 마음을 이해했으므로 더 이상 거론하지 않았다. 그렇게 시간이 흘렀고 그리고 지난여름이었다.

나는 몹시 아파서 3일을 집에서 쉬었다. 이제는 대학생이 된 딸과 아들이 나를 대신해서 가게 일을 도왔다. 평소에 가끔 한두 시간씩 도와주기도 하는 착한 아이들이었지만 그때처럼 하루 온종일 일을 한 것은 처음이었으리라. 아들이 엄마에게 그랬고 딸도 엄마에게 건의를 했다. 일이 정말 힘드니 1주일에 하루는 쉬어야 한다고 했다.

두 아이의 주장에 아내가 고개를 끄떡인 것이다.

염원하던 제8요일을 그렇게 얻었다.

진상(JS)에 대한 보고서

생활의 차원에서 우리가 보고 만나고 스치는 사람들은 모두 상식적인 차원에서 벗어나지 않는 평범한 사람들이다. 자영업을 시작하면서 만난 사람들도 그런 차원에서 벗어나지 않는 평범한 사람들이지만 그런 가운데서도 특별한 사람들이 있다. 이건 특별한 위치와 시선에서 봤을 때 볼 수 있는 사람들의 유형일 것이다. 그런 사람들을 우리는 진상이라고 하고 영어로는 JS라고 은어로 적는다.

음식을 먹고 그냥 나가는 사람이 있다. 계산을 하라고 하면 식탁 위에 올려둔 돈을 턱으로 가리킨다. 거기 있으니 가져가라는 것이다.

검지와 중지 사이에 신용카드를 끼워넣고 까딱거리고 있는 사람이 있다. 와서 계산대에서 계산을 하고 전표와 카드를 갔다 바치라는 것이다.

다 먹고 난 후에 머리카락 나왔다고 우기는 사람이 있다. 머리카락이란 게 음식의 조리 과정에서 나올 수도 있고 음식을 먹는 과정에서 나올 수도 있는 것이다. 먹기 전이나 먹는 도중이라면 이해하지만 다 먹고 나서 어필하는 것은 경우에 어긋난다. 하지만 그런 사람들이 있다.

바쁜 점심시간에 손님들이 몰리는 시간임에도 불구하고 마냥 죽치고 있는 사람들이 있다. 가게의 상황과 상관없이 자신들의 테이블을 고수하겠다는 심사다. 아주 심각하게 이야기를 주고받고 점심시간이 끝나서야 겨우 일어선다.

혼자 와서는 스피커폰을 켜 놓고 정신없이 대화하는 사람이 있다. 옆에 사람이 있든 없든 상관없다. 자신이 하는 말과 상황에 자신이 빠져 있는 경우가 많다. 홀 안의 모든 사람들이 주목하고 눈살을 찌푸려도 상관이 없다. 열심히 씨벌리고 나서 음식을 먹고는 용감하게 나가는 유형이다.

방송채널을 보는 것은 상관이 없다. 하지만 공공장소에서 자신만의 관점과 취향에 관한 것을 필요 이상으로 크게 틀어 놓고 시청하는 사람이 있다. 종교에 대하여, 정치적인 문제에 대하여, 사회적인 이슈에 대해서 대놓고 역설하고 있는 사람의 유형이다.

먹는 음식과 상관 없는 것을 필요 이상으로 요구하는 사람이 있다. 서브 메뉴로 돼지고기를 구워서 내 놓았다. 국수와 함께 먹는 서브 메뉴이므로 양은 얼마 되지는 않았지만 싼 가격임에도 불구하고 상추와 파프리카를 올리고 그 옆에 고기까지 구워서 내놓았다. 어떤 손님은 막장을 내놓으라고 했고 마늘 없냐고 했고 매운 고추도 달라고 했다. 대 놓고 고깃집처럼 먹겠다는 것이다.

대놓고 반말하는 사람도 있다. 진짜 막가는 유형이다. 기분이 상당히 나쁘고 면전에서 두드려 패고 싶을 정도다. 장사를 때려치우는 한이 있더라도 뺨이라도 한 대 날리고 싶은 그런 저질 인간이다.

먹고는 돈 없다며 배째라는 사람도 있다. 미안해하는 기색도 없이 없는데 어쩔 거냐고 하는 사람이다. 다음에 올 때 같이 계산하면 되지 않냐는 그런 사람이다. 이런 사람 만나면 하루 종일 기분이 안 좋다.

이유없이 싸우자는 사람도 있다. 괜히 시비를 건다. 이유는 없다. 지난여름이었다. 바쁜 것을 알고 딸이 나와서 일을 돕고 있는데 한 손님이 국수를 시키면서 술도 시켰다. 그러려니 했는데 술 몇 잔을 먹더니 주방에 있는 나를 지목하면서 막 야단이다. 왜 그러냐고 내가 나가서 사정을 알아보려는데 도저히 그 사람이 하는 말을 알아들을 수가 없었다. 발음이 어눌하고 도대체 알 수 없은 언어로 나를 자꾸 지목을 하는 것이다. 참 많이도 참았는데 갈수록 목소리가 더 커져서 어쩔 수가 없었다. 그래서 핸드폰을 들고 공손하게 말했다. 지금부터 경찰을 부를 테니 알아서 하시라고…. 그냥 도망치고는 두 번 다시 나타나지 않았다.

다들 화장실 타령은 또 왜 그렇게 하는지 모를 일이다. 우리 가게가 큰 건물의 1층에 위치해 있었으므로 화장실은 보통 건물 엘리베이트 옆에 있는 것이 상례다. 혹시나 하는 마음에 가게 출입문에 화살표식도 해 놔도 소용없다. 어디에 있냐는 것이다. 이렇게 저렇게 상세하게 설명하면 그제서야 알겠다며 나가서는 옆 건물에 가서 화장실 타령을 하고는 돌아온다. 정말 환장할 일이다.

국수 먹고 커피를 내 놓으라고 하는 손님도 있다. 없다고 하면 자신들이 가져온 커피믹스를 물컵에 타 먹고 가는 사람도 있다.

원당에서 개업을 막 했을 때이다. 주변의 음식점에 갔더니 음식점 마다 외부음식 절대 금지라고 빨갛게 쓴 글씨들이 보였다. 시장 앞인데 음식장사하면서 너무 심하다고 생각했다. 그래서 적당히 허용하는 수준에서 우리는 가게를 운영했다. 그런데 그게 아니었다. 온 가족들이 들어와서는 국수 한 그릇을 시켜놓고 시장에서 산 음식으로 아예 잔치를 벌였다. 먹고 쌓고 흘리며 분탕질을 해놓고는 그냥 일어선다. 뭐라고 어필이라도 하고 싶었지만 어쩔 도리가 없었다.

그 외에도 멸치 국수에 왜 멸치가 없냐고 따지는 사람도 있고 100원짜리 동전을 들고 와서는 계산대 앞에서 셈을 하는 사람도 있고 똥을 싸질러 놓고 내빼는 사람도 있었고 계란후라이 해 달라 애교 떠는 그런 사람도 있고, 국수 한 그릇 시켜 놓고 앞접시 뒷접시 다 가져다가 퍼먹고 가는 사람도 있다.

이 모든 것이 내가 자영업을 하면서 본 이상한 사람들의 모습이다. 이들이 문제가 있고 없고는 논점이 중요하지 않다. 다만 자영업 10년 차를 앞둔 〈국수기술자〉의 입장에서 어떻게 해야 슬기로운 대처가 될 수 있는가 하는 방법론이 더 중요하리라 생각이 든다. 내 입장은 이렇다.

우선은 서로의 관계에 대하여 생각해 봐야 한다. 손님은 왕이 아니다. 손님은 우리집에 온 손님일 뿐이다. 손님 입장에서 우리집은 낯선 공간이다. 따라서 우리집에 대해서 전혀 모르고 있다. 그러니 필요할 경우 손님에게 우리집의 법도를 알려줘야 한다.

카드만 까딱거리고 있으면 와서 계산하라고 대놓고 알려야 한다. 스피커를 켜 놓고 대화하고 있으면 정중하게 자중시켜야 한다. 필요 이상의 것을 요구하는 사람에게는 '그런 것을 제공하지 않는다'고 정확히 해 줄 필요가 있다. 반말하는 사람에게도 마찬가지다. '반말하지 마세요'라고 웃으면서 질러주면 자신이 알아서 뒤처리할 것이다. 돈 없다고 배 째라거나 싸우자는 사람은 조용히 전화를 해라. 공권력이 있는 이유다. 화장실 타령하고 커피 타 먹는 사람은 그러려니 하고 한번 웃어주면 끝이다. 그러려니 하고 마음의 여유를 부리는 것도 나쁘지 않다. 하지만 나 자신이 원칙을 잘못 세워서 생긴 것들은 나 자신을 반성해야 한다. 온 가족이 잔칫상을 벌린 것은 내가 원칙을 세우지 못했기 때문에 생긴 것이므로 손님은 잘못 없다. 그건 바로 내 잘못인 것이다.

뜻밖의 인연

술이란 것이 그렇다. 같거나 비슷한 것들끼리 모여서 죽도록 마셔야 한다. 1차로 끝나는 것은 정말 인간성이 부족한 종족들이 하는 짓거리다. 절대 그래선 안된다. 어떻게 마련된 자린데 1차로 끝낼 수 있는가. 만약에 술잔을 꺾기가 힘이 든다면 온몸을 이용해서라도 마셔야 한다. 적어도 해가 뜨기 전까지는 그렇게 마시고 주변의 모든 것들을 사랑해야 한다. 왜냐하면 우리는 술로 하나가 되었으니까.

2차는 기본이고 노래방은 당연한 것이다. 〈삼국지 위지 동이전〉인가 하는 중국의 역사책에는 우리나라 사람들이 춤과 노래를 좋아한다고 중국의 그 유명한 진수가 읊어놨다. 얼마나 춤과 노래를 좋아하고 술을 좋아하는 민족이면 그 시절에 그렇게 서술했을까. 하여튼 술이란 것은 그렇게 마셔야 하고 시간 나는 대로 마셔야 하고 틈이 나는 대로 마셔야 하는 것이다. 될 수 있는 대로 신선의 경지에 이를 수 있다면 금상첨화인 것이다.

일을 마치면 나는 막걸리 두 병을 들고 들어왔다. 한 병이면 혼자서 뒹구는 막걸리병이 외로울까봐 짝을 이뤄서 뒹굴라고 두 병을 가지고 온 것이다. 그리고는 씻지도 않고 술잔을 기울인다. 그리고 티브이를 켜고 그것을 보는데 보는 것이 아니라 그냥 멍하고 멍때리고 있을 뿐이다. 아내가 술을 그만 마시라고 잔소리라도 해주면 좋을 텐데 아내는 그런 것에 관심이 없었다.

몇 년을 단 하루도 쉬지 않고 그렇게 마셔댔더니 정말 너무 너무 심심했다. 정말 뭐라도 해야 할 것 같았다. 그래서 딸 방에 가서 연필을 하나 훔쳐왔다. 이리저리 연필을 깎다보니 가슴이 쿵쾅거렸다. 연필 향내가 코끝을 찔렀다. 아, 그리운 내 모습이 연필 끝에서 맴돌았다. 양손으로 연필을 꼭 쥐고 벌받고 있는 국민학생인 내가, 벌을 받으면서도 피식거리는 맹구가 거기 있었다. 나는 그런 맹구를 그리고 싶었던 것이다.

그렇게 연필 소묘의 세계에 발을 들여 놓았다. 그냥 취미삼아 그리는 그림이었다. 그러면서 나는 나에게 다독거렸다. 너무 열심히 하지 말자. 그리기 싫으면 항상 그만두자. 목적이나 목표를 세우지 말자고 나 자신에게 말했다. 그런데 문제가 생겼다.

원당으로 옮긴 뒤 얼마 지나지 않아서 나는 라디오방송국에 사연을 보내게 되었다. 정말 아무런 생각없이 그 동안 겪은 것들을 적어 보냈는데 보내자마자 바로 다음날 방송국에서 전화가 온 것이다. 그리고 인터뷰를 했고 진행자와 이런 저런 이야기를 할 수 있냐고 하길래 그렇게 하자고 했다. 날짜가 잡히고 라디오방송이 생방송으로 전국에 소개가 되었다. 그런데 나는 그 방송을 진행하면서 두 진행자에게 하지 않아도 될 약속을 해 버렸다. 국수 재료를 주제로 소묘전을 가게에서 할 것이고 각각의 재료에 대한 시詩도 쓸 거라고 했던 것이다.

방송용 멘트였으므로 그것으로 끝인 줄 알았다. 그런데 그게 아니었다. 시간이 지나면서 자꾸 방송의 진행자와 했던 그 약속이 거슬렸다. 모른 척하면 될 일인데 그렇지가 못 했던 것이다. 숙제하지 않아서 손바닥을 매일 맞아야 했던 어린 시절이 자꾸 떠올라서 마시던 술도 술맛이 나지 않았다. 그래서 누가 보든 말든 약속은 약속이니까 지키기로 한 것이다.

국수 재료를 쭉 나열해 놓고 그것을 카메라로 하나씩 찍었다. 그리고 A4용지에 하나씩 그려 나갔다. 그 동안에 해온 것들이 헛되지는 않았는지 제법 명암도 들어갔고 대상의 윤곽이 잡혔으며 그럭저럭 형태도 나왔다. 시도 써야 했으므로 한편씩 시를 써서 가족들과 돌려 읽었다. 생각보다 가족들이 좋아했고 가족들이 좋아하니 자연스럽게 흥이 나서 한 작품씩 시를 완성해 나갔다. 〈멸치〉〈디포리〉〈당근〉〈호박〉〈무〉 등 등의 재료들이 하나씩 자리를 잡아갔다. 많지는 않지만 10여 편의 작품을 완성하여 벽면을 채웠다. 제법 그럴 싸하게 소묘전이 열린 것이다.

나는 시인이 되거나 하는 것에 하나도 관심이 없었다. 왜 냐하면 그런 것은 고상한 사람들이 하는 것이니까 고상하지 않은 나와는 상관없는 그런 것이었다. 그런데 인터넷을 접하 다가 우연히 '월간 시'라는 잡지에서 공모전을 한다고 1차로 5편을 보내라고 했다. 어차피 시는 있는 것이고 나름대로 내 가 쓴 시를 평가도 받아보고 싶다는 묘한 심리가 작용하여 작품을 보내기로 했다. 그랬더니 얼마 있지 않아 예심을 통 과했다며 또 다른 작품으로 5편을 보내라고 했다. 어차피 있 는 작품들 중에서 5편을 골라서 다시 보냈다. 그러면서 설마 설마했는데 내가 당선이 된 것이다. 알고보니 '서울시인협 회'에서 주관하는 꽤 영향력이 있는 시 전문 월간지였다. 얼 떨결에 당선을 한 것이다. 내 이름을 문단에 올린 것이다. 그 리고 지금까지 계속해서 작품 활동을 해왔고 내가 쓴 작품들 이 간간이 월간지에 소개가 되고 있다.

올해 봄에는 〈국숫집, 참을 수 없는 존재의 하울링〉이라는 연작시를 22편까지 완성해서 이번에는 시화전의 개념으로 가게의 한쪽에 쭉 붙였다. 시를 중심으로 그 주변에 그림도 그렸으며 글씨체도 개발하여 그렇게 붙여놨다. 어쩌다 홀을 왔다갔다할 일이 있을 때마다 나는 내가 쓴 시를 읽어보고는 괜히 감상에 젖는다. 그리고 대단하다고 자화자찬이다. 완전

제 맛에 취해 그렇게 살고 있는 중이다.

　이 연작시가 마무리가 되면 조심스럽게 시집을 한 권 내고 싶다. 어떻게 평가받게 될 지는 중요하지 않다. 시인이 시를 쓰는 것은 당연한 일이고 쓴 시를 대중에게 발표하는 것 또한 당연한 것이라고 생각한다.

　그리고 대중으로부터 소외된 시를 살리기 위해 나에게 주어진 소명을 다하고 싶다.

　뜻밖의 인연이 나를 여기까지 오게 했다.

　감사할 따름이다.

유튜브에서 배우다

나는 모든 것이 늦었다. 말도 늦었고 글도 늦게 알았고 학교도 동료들보다 늦게 들어갔으며 결혼도 동료들에 비해 많이 늦었다. 그 뿐만 아니다. 컴퓨터도 늦게 접했으며 핸드폰도 늦게 소유했다. 어떤 원장이 연락이 되지 않는다고 억지로 쥐어줘서 그때부터 가지고 다니기 시작했다. 운전 면허증도 늦게서야 겨우 합격을 했다.

그렇게 늦은 것 가운데 유튜브도 있다. 이것을 통해 나는 세상을 읽기 시작했고 이해하기 시작했다. 나를 가르친 제일의 스승은 바로 유튜브였다. 세상의 모든 지식이 유튜브 속에 존재했고 모든 분야의 스승이 수도 없이 많았으며 그들은 나름대로의 주관대로 사실과 거짓을 판별해 주고 지혜를 주었으며 길을 열어주었다.

내게 있어 핸드폰은 전화와 이메일과 사진 정도만 주고 받을 수 있으면 되는 그런 것이었다. 컴퓨터를 항상 접하고 있었으므로 핸드폰 조작에 관해서는 자연이 관심 밖이었고 필요한 것은 컴퓨터를 통해 하면 되었다. 시간이 갈수록 핸드폰은 그 기능에서 더 나아가지 못한 채로 정체되어 있었다. 그렇게 뒤처진 내가 유튜브를 통해 맨 처음 배운 것이 핸드폰 조작에 관한 것들이었고 지금은 컴퓨터가 해내던 대부분의 일을 핸드폰이 대신하고 있다. 그리고 컴퓨터와 핸드폰의 호환을 위해 최근에는 에니웨어 대신 클라우드를 사용 중이다. 이건 가게에서 사용하는 컴퓨터와 집에서 사용하는 컴퓨터 간에 상호 호환도 가능하다.

유튜브를 통해 〈홈텍스〉 안에서 부가가치세와 소득세를 신고하는 방법을 배웠다. 세무사를 통해 신고를 할 수도 있는 것을 나는 억지로 이것을 공부했고 배웠다. 이유는 간단했다. 내가 내는 세금에 대하여 알고 싶었다. 부가가치세가 무엇이고 왜 내야 하는지, 그리고 어떤 것에 부과가 되고 어떻게 계산이 되어서 어떤 식으로 신고가 되는지를 알아야 했다. 소득세도 마찬가지였다. 내 소득이 신고되는 것에 대하여 궁금해 했으며 그것이 어디에 어떤 결과로 영향을 미치는지에 대해서도 알게 되었다. 그것은 내가 국숫집을 운영하면서 꼭 알고 싶었던 것이고 그런 의문들을 유뷰브는 다 설명해 줬다.

자영업을 하게 되면 가장 중요한 것이 바로 음식의 재료를 어디서 어떻게 공급하느냐 하는 것이다. 음식의 맛에 대한 연구를 하는 것도 중요하지만 어떤 재료를 어디서 싼 가격에 좋은 것으로 중단 없이 공급받느냐 하는 것은 정말 중요하다. 그런 것을 유튜브는 다 말해준다. 예를 들어 바지락이라고 치자. 중국산 바지락과 국산 바지락의 차이, 해감하는 방법, 보관하는 방법 등을 다 가르쳐 준다. 작은 예로 유튜브에서 '국수사리'라고만 쳐도 국수사리를 이렇게이렇게 끓여서 이렇게 찬물에 헹궈서 이렇게 예쁘게 사리를 틀어서 담으라는 것들이 수없이 많이 나온다. 나는 처음 국숫집을 하면서 어디에서도 그런 것을 배운 적이 없었다. 그래서 개업 며칠 전부터 수없이 국수를 삶아서 사리치는 방법을 익혀야 했다. 버린 사리 국수만 해도 엄청 났다. 하지만 유튜브는 세상의 모든 것들을 품고 그것들을 알려주고 가르쳐 준다.

다음은 유튜브를 통해서 집짓는 전 과정을 이론적으로 다 배웠다는 것이다. 정말 오랜 시간이 걸렸지만 이 과정을 통해 정말 너무나 많은 것을 배웠다. 형광등 하나도 못 갈아 끼우고 벽에 못질 하나도 못 했던 내가 완전히 다른 사람이 되어 버린 것이다. 전기가 뭔지 알게 되었고 수도가 어떻게 연결된 것인지 가스가 어떤 구조로 어떻게 연결이 되고 있는지 알게 되었다. 가전제품 역시도 마찬가지로 눈에 들어오기 시작했다. 한번은 가게의 주방 전기와 냉장고와 식기세척기가 한꺼번에 고장이 난 적이 있었다. 나는 깔끔하게 그것들을 해결했다. 내가 바로 수리 기사가 된 것이다.

　그 외에도 나는 유튜브를 통해 너무나 많은 것을 배웠다. 공매와 경매에 관한 것들도 배웠으며 특히 경매에 대해서는 한때 많이도 집착한 적이 있다. 그리고 그림 공부도 정말 많은 선생님들로부터 배웠다. 각종 관공서의 업무는 말할 것도 없고 전국의 땅값 시세며 건물에 대해서도 파악할 수가 있다. 모르면 유튜브에서 배우면 된다. 그리고 배우고 싶은 것들이 아직도 많다. 동영상편집 기술을 배워야 하고 3D설계 및 인테리어 실무에 관한 것들도 배워야 하며 그림공부도 더 해야 한다.

　유튜브를 통해 나는 이것저것들을 그냥 배웠다.

　앞으로도 그렇겠지만….

'국수기술자'의 하울링

　쉬는 날을 제외하고는 매일 멸치육수를 끓였다. 하루의 시작이 바로 육수를 끓이는 일이었다. 처음에는 요령을 피우기 위해 많은 양을 끓여놓고 사용해 보기도 했지만 보관상의 문제가 생기면서 귀찮아도 매일 끓이는 것으로 가닥을 잡았다. 물을 끓이고 재료를 망에 담고 던져 놓으면 알아서 맛있는 멸치육수가 뽑혀졌다.

　말간 육수는 여기 저기 사용처가 많았다. 가장 먼저 〈잔치국수〉의 국물로 사용이 되었고 그 다음은 〈비빔국수〉를 먹는 사람들에게 서비스 차원에서 내놓곤 했다. 그리고 〈굴국밥〉을 끓이는데 요긴하게 쓰였으며 〈굴비빔밥〉을 먹는 손님들에게도 내놓았고 〈열무김치〉를 담는 데도 육수는 필요했다.

　육수가 가장 맛있는 때가 있다. 그것은 다름 아닌 쉰 것과 그렇지 않은 것의 경계선에 존재할 때다. 풍미도 최고여서 입 안 가득 꽉 찬 느낌의 향이 사람을 환장하게 만든다. 하지만 그 선의 이쪽으로 조금만 넘어오면 쉰내가 작열한다. 누군가 국수로 성공을 하고 싶으면 가장 맛있는 그 경계선에 있는 육수를 연구하기 바란다.

〈잔치국수〉는 찬물에 잘 씻은 후에 허드레 통에서 토렴을 해서 내 놓으면 아내가 고명을 얹어서 상에 올렸다. 생면에 쑥가루가 첨가된 면 옆으로는 잘게 잘린 파가 있고 그 위로는 당근과 호박이 데쳐서 간을 한 상태로 올려졌으며 마지막으로 김가루가 올려졌다. 그릇도 일반적인 그런 그릇이 아니고 하얀 그릇에 사뿐히 담아서 내놓았다. 국수 한 그릇을 놓고 예술을 한 것이다.

"한 그릇 뚝딱하면 될 걸 이렇게 고급지게 만들어놨네요"

죽집 사장의 말이었다. 그 말인즉 국수는 국수일 뿐이라는 것이었다. 처음에는 그 말이 무슨 뜻인지 몰랐지만 시간이 지나면서 그 말의 의미를 알게 되었다. 국수가 최고라며 손을 치켜세우는 사람들은 항상 있었지만 국수는 그냥 국수였다. 제대로 끓인 국수지만 사람들은 외면했다. 너무 맛있어서 외면했고 생면이라서 외면했다. 그냥 지나치면서 후루룩하고 허벌나게 먹는 게 진짜 국수였다.

〈비빔국수〉는 넓은 접시에 국수를 올렸다. 한쪽에는 국수 사리를 올리고 그 위에 소스를 뿌린 후 어린 새싹과 깨로 마무리를 했다. 그리고 또 다른 한쪽에는 상추, 양상추, 파프리카, 적채 등이 어우러져 놓여졌다. 면을 소스와 비벼서 야채와 곁들어 먹으라는 것이었다. 우리가 아는 일반적인 비빔국수의 형식이 아니었으므로 낯선 것에 대해서 몇몇 사람들은 상당히 불쾌해 했다. 자주는 아니었지만 아주 가끔씩 비빔국수 소스가 달다는 것에 대해 대놓고 불편해하는 손님도 있었다. 그런 손님은 몇 젓가락질을 하다가 그냥 계산하고 나가 버린다. 그런 날은 참으로 마음이 좋지 않았다.

단맛은 다름 아닌 사과와 양파로부터 나온 것이다. 다시 말해서 사과와 양파를 갈아서 숙성시켜서 나온 것인데 그저 달다는 이유로 거부하는 사람들이 있었고 그런 사람들 때문에 정말 마음고생을 많이 했다. 국숫집이 자리잡는 과정에는 그런 소소한 것들도 한 몫을 했고 시간이 지나면서 모든 것들이 제자리를 잡아 나갔다.

비빔 소스를 담그는 것도 보통 일이 아니었다. 전체 6개의 통을 순서대로 담아놓고 숙성이 되는 대로 손님상에 올렸다. 적어도 1달 이상의 숙성의 시간이 지나야 맛있게 잘 익은 비빔 소스가 완성됐다. 이것 또한 여러 가지로 요긴하게 사용이 되었다. 초장 대신에 굴을 찍어 먹기에도 좋았고 골뱅이를 썰어서 이것을 올려 먹으면 제대로 된 골뱅이 안주가 되었다. 특히 비빔밥에 이 소스를 뿌려 먹으면 국수 못지 않게 깊은 풍미를 풍겼으며 특히 비빔냉면의 소스로도 잘 어울렸다. 만약 다음에 냉면을 할 경우가 생긴다면 이 소스를 사용해 보리라.

처음 장사를 시작했을 때의 일이다. 주변에서 비빔 소스에 대한 칭찬들이 자자했고 그런 가운데 몇 몇의 지인이 너무 맹하다고 지적을 했다. 정리를 하면 매운 맛이 없다는 것이다. 그 말에 혹했던 아내와 나는 멋도 모르고 매운 고춧가루를 사용했고 매운 맛의 비빔 소스를 숙성시켜서 올렸다. 그 결과는 황당했다. 손님들은 맵다고 몇 젓가락 떠먹고는 나가버리고 두 번 다시는 돌아오지 않았다. 지인의 말을 듣고 그대로 했다가 있던 손님들을 모두 쫓아버리는 꼴이 되었다. 한 번 실망한 손님은 두 번 다시 돌아오지 않는다는 것을 뼈저리게 느낀 사건이었다.

〈콩국수〉는 오히려 간단하다. 고명도 달랑 오이뿐이다. 그것도 목넘김이 좋으라고 올려놓은 것이지 맛을 내는 것과는 아무런 상관이 없다. 찬란한 고명이 없어도 잘 삶고 갈아서 내놓은 콩국만으로도 충분하다. 명품 음식에는 원래 고명이 야박한 편이다.

지난 10년 동안 나는 매년 여름이면 콩을 불리고 삶고 갈았다. 이쯤이면 이제는 콩에 대해서 다 안다고 큰소리라도 치고 다녀야 할 것이지만 나는 그럴 처지가 못 된다. 아직도 나는 처음 배웠던 그 날처럼 콩 앞에 서면 작아진다. 그만큼 콩은 다루기가 어렵고 힘들다. 특히 가장 먹기 좋은 농도로 혼합하는 것은 쉽지가 않다.

잘 삶은 콩을 1차로 갈아놓고 물과 잘 혼합해서 적절한 농도를 맞춰놓으면 어느 시점에서 콩국이 부풀려져 있는 것을 보게 된다. 그렇다고 그 부풀리는 현상이 일정하다면 그것에 대응해서 농도를 조절할 수 있을 텐데 그렇지 않다. 상당히 불규칙적이다. 때문에 그때그때의 상황에 따라 나름대로의 농도를 조정해야 한다. 이건 보통 일이 아니다.

그런데 더 문제는 이렇게 부풀림의 현상이 있다가도 일정한 시간이 지나면 다시 수축되는 정말 이상한 현상이 또 발생한다. 마치 고무줄이 늘어났다가는 불규칙적으로 줄어드는 그런 묘한 현상과 같다고 생각하면 된다. 그래서 나는 아직도 콩과 물 사이의 농도 사이에서 답을 얻지 못하고 있다. 콩국의 농도는 너무 된 것도 안 되지만 너무 묽은 것도 안 된다. 그 사이의 적절한 점에서 콩국의 농도는 정해져야 한다.

그밖에도 콩의 성질을 이해하지 못해서 생긴 사고도 있었다. 잘 삶아서 찬 냉장고에 넣었는데 아직 식지 않은 콩의 더운 기운이 냉장고 안의 찬 기운과 서로 출동하여 모두 쉬어버린 적도 있었고 백태 콩 속에 파란 청태가 섞여 샛노랗게 콩국이 나온 적도 있었으며 소금에 따라 다른 염도의 차이를 몰라서 낭패를 본 적도 있었다.

음식의 레시피라는 것은 한 번 완성이 되면 거기서 끝이 난다. 물론 진행 과정에서 재료가 바뀌거나 하는 경우도 있긴 하지만 최적화된 레시피가 완성이 되면 그것에 따라 정확히 시행하면 절대 실패하지 않는다. 그런데 콩은 그렇지가 않다. 변화무쌍한 성질 때문에 나는 아직도 레시피를 완성하지 못하고 있다. 방송이나 인터넷에 떠돌아 다니는 콩국수 레시피는 모두 다 허구다. 잘못된 레시피가 세상 천지니 맛있는 〈콩국수〉가 나올 리가 없다. 비려서 못 먹고 맛이 없어서 안 먹는다. 세상 천지에 콩만한 것이 어딨을까? 콩의 원산지가 만주와 한반도인데 우리가 최고의 식재료를 껴안고 있으면서도 아직 그것 하나 제대로 끓여서 먹을 줄을 모른다는 것은 실로 부끄러운 일이다.

내가 콩에 집착하는 이유가 여기에 있다.

수구초심 首丘初心

내 기억의 저편 먼 곳에서 나는 부산을 떠났다. 부모 형제도 있고 친구도 있고 추억도 있었던 곳을 버리고 나는 떠나왔다. 그래서 내 마음의 고향은 항상 부산이었다. 어쩌다 기차를 타고 부산역에 내리면 역의 뒤편 부둣가에서 불어오는 짠내에 가슴이 설렌 적도 있었다. 그럴 때면 떠나온 고향으로 돌아온 것 같다는 생각이 들어서 기분이 들뜨기도 했다. 하지만 그것이 전부였다. 모든 것들은 기억 속에서 지워져 갔다. 시간이 모든 것을 지워냈고 세월이 모든 것을 희미하게 만들었다.

친구도 마찬가지였다. 나는 네 명의 친구를 두고 떠나왔는데 그 중에서 한 명은 일찍 죽었고 두 명은 소식이 끊어졌고 나머지 한 명은 서로의 연락처를 가지고 있음에도 불구하고 서로 연락하지 않았다. 그러다가 나는 페이스북을 통해

소식이 끊어졌던 성수를 만났다. 30년의 긴 시간을 뛰어넘어서 우리는 만난 것이다. 성수는 백발의 중년이 되어 멋있게 늙어가고 있었다.

부산역에는 비가 내렸다. 성수가 무작정 자갈치 시장으로 나를 데려갔다. 거기에 있던 그 꼼장어집들이 세월을 뛰어넘어 고스란히 그 자리에 있었다. 그 꼼장어집이었다. 술에 취해 소변을 보다가 바다에 빠졌고 성수가 그런 나를 건져 올린 추억의 포장마차였다. 우리는 낄낄거리며 술을 마셨다. 2차는 상어 부속물을 초장에 찍어 먹는 곳에서 마셨으며 마지막으로 〈왕자극장〉이 있던 그곳, 충무동에서 돼지껍데기를 시켜놓고 주절거렸다. 성수에게 이곳 부산은 더 이상 내 마음의 고향이 아니라고 씨벌려댄 것 같기도 했다. 비도 오고 술도 취해가는데 소변은 옛날처럼 왜 그렇게 자주 마련운지 알다가도 모를 일이었다.

"조심해야 할끼구마. 또 빠지믄 나도 모르는기라"

성수의 말에 킥킥거리며 나서다가 나는 충무동 건너편의 거기에 시선이 꽂혔다. 시외버스 터미널에 서 있는 한 소년이 눈에 들어온 것이다. 곱슬머리에 코를 훌쩍이며 6살쯤으로 보이는 시골 촌 아이 하나가 그렇게 거기에 서 있었다. 나는 아이를 향해 마구 손을 흔들어 댔다.

아내의 고향은 경남 남해다. 처음에는 좋은지도 모르고 건성으로 다니기 시작한 것이 제법 왔다 갔다 하다 보니 눈에 들어오기 시작했다. 그냥 그렇게 보이던 겨울의 마늘밭도 눈에 들어왔고 바닷가며 주변의 풍경도 다가오기 시작했다. 제법 사람이 살만한 곳이라는 생각을 했고 그런 고향을 둔 아내가 은근 부럽기도 했다. 그리고 그런 부러움 속에는 고향에서 함께 자란 세 명의 친구도 포함하고 있었다.

한 명의 친구는 아내의 집 건너편 담 하나를 사이로 며칠간의 간격으로 태어났고 또 한 명은 조금 더 떨어진 곳에서 그렇게 태어났으며 나머지 한 명은 그것보다 조금 더 떨어진 곳에서 태어났다. 아마도 태어나서 걷기 시작하면서 서로는 서로를 알아봤고 친구가 되었고 지금까지도 돈독하게 지내고 있다. 이 세 명의 여사님들은 친구가 늦은 나이에 국숫집 아줌마가 된 것이 안타까웠는지 일주일에 한 번 꼴로 가게로 와서는 잔일들을 도왔다. 참으로 가상한 사모님이었다.

"고향이 있다는 것이 부럽고, 저런 친구들이 있다는 것은 더 부러워!"

아내에게 항상 하는 말이다. 그러면 아내는 '부산'을 들먹였다. 그런 고향을 당신도 가졌으니 상심하지 말라는 뜻이리라. 하지만 부산은 더 이상 나에게 고향이라는 의미를 남기지 않았다. 그냥 내가 한때 머물렀던 곳이 거기였다. 그리고 두고 떠난 친구도 내게는 존재하지 않았다.

명절이면 가서 만나는 가족들의 관계도 화목했다. 특히 좋았던 것은 시도 때도 없이 술상을 받았고 술을 마셔야 한다는 것이 그렇게 좋을 수가 없었다. 그렇다고 억지로 권유하는 것도 아닌데 눈 뜨고 잘 때까지 술을 마셔야 한다는 집안 분위기는 정말 최고였다. 수협 공판장에서 횟감을 공수하고 닭을 잡고 기러기도 잡아서는 만포장으로 먹고 취했다. 거기다가 온 가족이 모여 춤추고 노래하는 것은 기본이었다. 뭐 원칙이나 법칙도 없었다. 아버지며 어머니며 옆집 아저씨며 어린 아이들까지 그냥 막 놀았다. 나는 피노키오춤을 자주 추었고 그건 명품춤이었다. 양 손을 일자로 모아서 아래쪽을 찔러댔고 두 다리는 차례대로 왼쪽으로 한 번 그리고 오른쪽으로 한 번씩 털어댔다.

나는 남해가 좋았다. 그래서 그곳에서 살기로 마음을 먹었다. 집도 짓기로 했다. 어머니에게 집짓게 땅 좀 달란고 흉보거나 할 일도 없을 테니 가진 것 없는 내게는 정말 좋은 곳이 바로 그곳 남해였다. 인연은 다 이렇게 연결되고 되고 되고 하는 것이다.

새벽부터 밥을 먹었다. 두 형이 있었고 그리고 마귀할멈은 밥을 먹는 내 뒤에서 아주 못된 짓거리를 해대기 시작했다. 나를 툭 건드렸다. 그러면 나는 자동으로 외운 것을 읊어야 했다.

"겨엉남 하암양…"

마귀할멈이 사정없이 내 대가리를 갈겼다. 두 형이 밥을 먹다가 킥킥거렸고 나는 그러려니 했다. 두 번째 잽이 날아왔을 때는 나름대로 양손으로 막았지만 덕택에 세 번째 라이트에 속수무책으로 오른쪽 대가리를 내 놓아야 했다. 머리 나쁜 내가 그나마 제대로 외우긴 외웠지만 저 못된 마귀할멈 앞에서는 항상 더듬거렸다. 그럴 때마다 마귀할멈은 사정없이 내 머리를 쥐어박았다. 그렇잖아도 머리 나쁘기로 소문난 내 머리인데 아예 바보로 만들 작정을 했다.

"마귀할멈!"

"와"

"언제 죽노"

"와, 죽으면 울어줄라꼬?"

"아니, 춤출라꼬"

마귀할멈이 내 대가리를 또 갈겼다. 밥 한 순가락에 불쌍한 내 대가리를 한 방씩 내주고 있었다. 거기가 어딘지는 모르겠지만 엄마랑 아버지가 있는 그곳으로 가는 날까지 나는 마귀할멈의 북이었다. 매일 마귀할멈이 북을 두드렸으므로 나는 매일 맞아야 했다. 어쩌다 도시에서 사는 엄마와 아버지가 내려와서 머물던 며칠을 빼고는 거의 매일 맞았다. 내가 머리 나쁜 이유는 모두 외할머니 마귀할멈 탓이다.

신작로 정류장까지 따라온 마귀할멈의 잔소리는 끝이 없었다. 빨리 차가 와야 이 지긋지긋한 잔소리로부터 벗어날 텐데 그날따라 차는 늦었고 잔소리는 잔인했다. 그리고 똑같은 것을 돌아가면서 반복해서 시켰다.

"겨엉남 하암양 함양으읍."

나는 끝까지 읊지 못한 채 마귀할멈을 떠났다.

차는 하루 종일을 달렸다. 심한 멀미도 했다. 험한 산길을 기었고 중간 중간에 휴게소도 들렀다. 거기에는 아이스케키를 파는 사람들이 있었고 형이 그것을 사 줬다. 처음으로 도시의 맛을 그렇게 접했고 해가 거의 저물어서 겨우 도착한 곳이 부산이란다. 그리고 충무동 시외버스 터미널이라는 곳에 나는 내렸다. 비가 왔고 날은 어둑어둑 했다. 화장실 갔다 온다는 형을 기다리며 바라본 도시는 온통 난장판이었다. 썩은 비린내가 났고 한 번도 맡아보지 못한 소금내로 진동을 했다. 그리고 건물들이 미친 듯이 솟아 있었다. 저기 찻길 건너편에는 극장이 있었고 큰 간판이 걸려 있었다. 바로 그 극장 아래에서 한 사람이 나를 부르고 있었다.

60 가까운 늙은 사람이 술이 취해 나를 부르고 있었다.

나는 나도 모르게 그 사람을 향해 중얼거렸다.

"경남 함양군 함양읍 하리 692번지"

"경남 함양군 함양읍 하리 692번지"

평생 잊지 못하고 외워 온 주소다.

마귀할멈도 고향도 거기에 그렇게 있었다.

내가 돌아가야 할 곳이 함양이란 것을 늦게서야 알게 되었다.

언어의 집 한 채 짓고
삶의 식탁을 마련한 시인을 마중하다

강상덕의 시집 『국숫집, 참을 수 없는 존재의 하울링』에 대하여

이충재(시인, 문학평론가)

1. 시와 삶을 이야기하며

좋은 한 사람을 만난다는 것은 우주와 또 다른 생애를 향한
이정표적 관점으로의 전환을 꾀하는 청사진이며 동시에 그
비밀의 통로로 초대받은 행운이 아닐 수 없다. 그만큼 이 시대는
사람들과의 공동체적 삶을 살면서도 그 사람들로 인해서 어떠한
의미도 부여받지 못한 것처럼 아픔과 상처와 분노를 유발하는
황무지와 살얼음 위를 걷는 것 같은 위태로움을 자아내기도 한다.
그런 상황을 인식하고 살아가는 사람들이 약해빠진 것인지, 그렇지
않은 생각을 가지고 절대적으로 분발하며 살아가는 사람들이
약삭빠르고 지혜로운 것인지조차 구별하지 못할 만큼 정체성의

혼돈이 야기되는 시대가 바로 21세기 오늘의 현장이라고 할 수 있다고들 인문학자들과 이에 뜻을 같이하는 순수 지향적 삶을 공감하는 사람들은 이구동성으로 말들 한다.

그래서 한 사람의 순수한 영혼과 정직한 가치관을 가지고 살아가는 사람들을 만나면 마치 오랜 지기를 만난 듯이 반갑고도 기쁘다. 마치 사막 횡단 선상에서의 극한 갈증을 해소하는 오아시스를 만난 듯도 하고, 어두운 밤 들녘을 밝히는 한 떨기 등불과도 같은 위안이 된다.

그가 시인이면 더욱 좋다는 생각을 늘 해오고 있는 것이 사실이다. 이 역시 안전한 지대가 될 수 없다는 것을 의식하게 되는 순간부터 불안이 밀려오는 것을 보면, 참으로 서글퍼지기조차 한다.

그만큼 시인들에게도 욕망은 비켜 가지 않는 듯하다. 그 욕망을 품고 시 앞에 서는 시인들을 보면 크게 두 가지 부끄러운 삶의 모습이 발견된다. 하나는 순수시를 그들의 출세 혹은 명예나 인기의 영역을 넓혀가는 수단이나 불쏘시개 정도로만 치부해 버린다는 것이다. 두 번째로는 시인들의 순수하고 맑은 영혼의 산물을 영혼의 양식으로 삼기를 간절히 원하고 기다리는 독자들의 희망과 행복을 저해하는 주인공으로서 시인들이 호명되어질 수 있다는 것이다.

필자는 강상덕 시인과의 만남을 단 한 번도 가진 바 없다. 그러나 이 한 권의 시집 작품들을 감상하고 난 이후의 느낌은 다르다. 만남의 횟수나 오랜 인연은 그자지 중요한 역할을 하지 못한다는 것을 다시 한 번 깨닫게 된다. 어디서 어떠한 성장배경과 삶을 살아왔으며 살고 있다손 치더라도 순수 지향적 공감대가 형성되는 순간 오랜 지기와 같은 친밀감을 공유할 수 있게 된다는 것을 알게

되었다. 그래서 더욱 그의 창작 작품을 분석하고 이해하고, 그
안에서 시인의 진정성과 순수성, 자본주의 시대의 갖가지 이탈로
인하여 시녀侍女가 되어 정직과 순수 인간주의로부터 역행하는
시대를 거슬러 직행하는 시인의 삶이 뿌린 향기와 흔적을 발견하게
되는 행운을 얻게 된다.

　　그렇다고 모든 시인들이 그렇다는 것은 아니고, 또한 많은
시인들이 그런 삶을 추구하지 못하고 있는 까닭에 어둡고 혼탁한
시대가 좀처럼 광명을 연출하지 못하고 또한 그 대지로 나오지
못하고 있는 원인자가 되기도 한다.

　　정현종 시인의 시 「방문객」("사람이 온다는 건 / 실은 어머 어마한
일이다/그는 과거와 / 현재와 / 그리고 / 그의 미래와 함께 오기 때문이다 / 한
사람의 일생이 오기 때문이다 / 부서지기 쉬운 / 그래서 부서지기도 했을 / 마음이
오는 것이다…)과 같이 강상덕 시인의 시 세계는 단순히 문학 장르의
일부를 대하는 것이 아닌 시인의 삶이 잘 녹아 있어서 감상하는
이들에게는 앞의 시 「방문객」처럼 한 사람의 동지를 얻은 것 같은
동시에 그 동지의 과거와 현재와 미래의 모든 것을 그리고 일생을
맞이하는 크나큰 필연이란 인연을 맺게 되는 것이다.

　　강상덕 시인은 현세적 주거공간으로서의 집만이 아닌 영원한
역사성을 지닌 집 한 채詩集-家 완공하고 문패 하나 내 거는
과정만을 남기고 있다.

　　강상덕 시인의 첫 시집을 보면서 느낀 점은 지상의 집 찾기에는
영원한 만족스러움이 있지 못한 듯 하거나 참된 정착의 안전고리
하나 설정되지 못한 듯하다. 그래서일까. 강상덕 시인의 첫 시집이

바로 시공간을 초월한 시인의 삶의 행복과 가치 행복을 드리게 될 중요 자료가 된다고 확신할 수 있는 까닭이다.

이어령 교수는 시를, 그리고 시의 집을 일컬어 '언어로 세운 집'이라고 명명하고 있다. "벽돌로 집을 짓듯이 말 하나하나를 쌓아 완성한 건축물입니다. 초가집이니 벽돌집이니 하듯이 시 한 편은 곧 한 채의 '말(語)집'인 겁니다. 그런데 집이라고 하면 대개, 아니 모든 경우 그 집의 겉모양을 생각하게 됩니다. 집을 그려보라고 아이들에게 말해 보세요. 지붕을 그리고 창을 그리고 대문과 담을 그립니다. 사진을 찍어도 집은 언제나 그 외형만 보이게 찍힙니다. 실제의 집은 그 안에 있는데 말입니다. 사람이 살고 활동하는, 막상 중요한 집의 내부 공간은 볼 수가 없습니다. 볼 수만 없는 게 아니라 우리는 아무 집이나 함부로 들어갈 수 없습니다. 이젠 아예 그 닫힌 내부 공간을 잊고 사는 경우가 많습니다."

이와 같이 강상덕 시인은 실재하는 집이 아닌 '언어로 세운 집' 그 한 채의 집을 정성 들여서 축조하고서 독자들 영혼의 안식 공간을 제공해 주고자 이 거친 시대의 안과 밖을 부지런히 오가며 지적 노동을 멈추지 않고 있는 것이다.

이 집은 외로운 사람, 고독한 사람, 슬픔과 아픔과 분노와 회의, 삶의 염세주의적 허물의 외투를 입고 살아가는 사람들이나 암묵적 죄의 속성을 추종하는 모든 사람들에게 이르기까지 방문을 허용하는 그런 집을 짓고 있는 것이다.

이 '언어로 세운 집'을 방문하면 강상덕 시인의 지금까지의 살아온 삶의 고뇌와 선택적 기로에 직면한 자괴감과 감동 등 시시비비의 흔적이 보이고, 시인의 가족애와 가치관의 형이상학적 태동을 발견하게 된다. 뿐만 아니라 미래의 밝은 거울을 마주 보게 된다. 이는 시인에게서 보이는 자기 삶을 송두리째 독자들에게 보여주는 용기이며 진실성 소유가 빚어낸 결단으로부터 연유된 우주와 사람을 경외하는 겸손으로부터 드러나는 것이다.

또한 강상덕 시인은 필립 자코테의 『순례자의 그릇』에서 보여주는 사물을 향한 접근과 사유의 깊이를 닮은 듯도 하고, '시와 진실'을 향한 독백을 남긴 요한 볼프강 폰 괴테가 말하는 바 "진정한 시는 지상의 복음으로서, 우리를 누르고 있는 지상의 무거운 짐을 내적인 명랑성과 외적인 유쾌함으로 제거해 줄 수 있어야 한다." "참된 창작은 목적을 갖지 않는다. 그것은 긍정도 부정도 하지 않으며, 생각이나 행동을 그 순서에 따라 전개해서 깨달음을 주기도 하고 가르침을 주기도 한다"와 같은 시의 특성을 고스란히 간직하고 있다고 할 수 있다. 강상덕 시인의 시 숲에 들어서 시 열매가 주는 맛을 충분히 경험하는 시간으로 초대되어 따라가 보기로 하자.

2. 국숫집 짙은 향과 구수한 삶의 내음이 베인 작품들을 먹고 마신다.

시에서는 철학이나 심리학을 인용하는 듯한 타자에 의존하거나 소심한 행보는 보이지 않는 법이다. 다만 인간 내면의 속성을 언어의 도구로 그려내는 것뿐이고, 철학과 심리학 그리고 그 밖의 인문학에 형이상학적 정보를 제공해 주는 순수 지향적 영혼의 소리를 들려주는 문학예술 장르인 것이다.

강상덕 시인의 작품들을 감상하면서 불현듯 스쳐 지나가는 사람으로는 마르틴 하이데거가 생각이 난다. 그는 자신의 저서

『존재와 시간』에서 "삶의 문법을 과학의 논리로부터 해방시키기
위한 노력의 일환이라고" 뉘앙스를 풍기고 있다. 즉 "삶을 과학의
족쇄에서부터 해방시켜 주어 삶의 시간이 간직하고 있는 다양한
차원과 그 풍부한 논리를 되살려주자는 것이기도" 하다.

　　이 시대는 온통 과학에 천착하여 너무 깊이 물질문명에 의존하고
있는 까닭에 인간성 상실, 인간성 말살, 정서의 쇠락 등 관계성에
치명적인 손상을 입혀오고 있는 것이 사실이다. 기초학문의 역순이
바로 생계의 가치를 추월하는 듯, 인간성 상실의 현장에서 빚어지는
'부재'의 결과물이 서서히 그 흉상을 드러내고 있다. 이제부터
감상하게 될 강상덕 시인은 사유의 흐름이 바로 이 모든 현상을
정화 시키는 육수가 되고 있음을 보게 될 것이다.

　　　저 국숫집 여편네
　　　야무진 칼질 끝에서
　　　삼 발 같은 내 머리채가 잘려 나가고

　　　하얀 속 살
　　　부끄러운 거기까지
　　　벗겨지는 이 치욕의 순간을
　　　지나서

　　　도마 위에서
　　　온몸 치열하게 잘려져도
　　　어쩔 수 없다.

하얀 국수 타래 속에 던져져서
멸치 그 비린내를 잡아내고
디포리 그 심심한 것도 건져 올리고

칼칼하게 치고 올라오는
그 매운 것까지 잠재울 수만 있다면

이번 생은 이것으로 만족한다.
국수 그것을 살리기 위한 생이라면
파밭 그 묵직한 흙냄새가 그리워도
이렇게 한 번 뜨겁게 살다 갈 뿐이다.

—「파」전문

　이 시집의 제목이 바로 『국숫집, 참을 수 없는 존재의
하울링』이다. 그렇다면 자연스럽게 시인의 직업이나 삶이
궁금해지기 마련이다. 그렇다. 시인은 바로 '국수 기술자'이다.
다시 말하면 오랜 시간을 '국수 셰이프'로 삶을 살아온 전업 국수
기술자인 셈이다. 그것이 정확한 현재적 답일 테지만, 그렇다고
단순히 이 한 가지의 직업군에 넣고 시인을 호명하는 것은
모순이다. 학원에서 오랫동안 학생들의 입시를 도와온 선생이요,
그림도 그려보고, 낭독도 하고, 노래도 하고, 단역 배우 생활도 하는
등 나름 인생의 청사진도 그려보는 갖가지 행보에 용기를 내면서
살아온 개척자이며 동시에 삶의 특정한 미션을 수행하는 삶을
살기도 하는 이순耳順의 중년 사내이다.
　그럼에도 불구하고 강상덕 시인은 '시를 써야 하는 명백한

이유'를 깨닫고 난 이후로 그가 빚어낸 온갖 것들을 시로
승화시키고, 그 시적 이력과 삶을 다룬 수필을 쓰고 있는 작가의
인생을 살고 있다. 앞의 시를 보면 오랫동안 시인이 국숫집
주방일을 보면서 손수 빚고, 자르고, 끓여서 내놓은 식자재들과의
긴밀한 내적 소통의 결과물로부터 연유된 사유의 산물들이 시의
향기로 거듭나고 있음을 보게 된다. 마치 식자재 하나하나와 말을
걸고, 그들이 전하는 무언의 응답으로 인한 삶의 비결과 탈출구를
물어가는 듯한 이미지가 그려져 있다.

　　내방수필의 진면모가 21세기 강상덕 시인의 가슴에서 새롭게
다시 빚어지는 것 같은 느낌이 들어서 좋다. 문학의 역사(「규방
칠우七友」-자, 가위, 바늘, 청실, 홍실, 골무, 인두, 다리미 등 규방의 필수품이라는
일곱 친구를 두고 심사를 그려내는 고려 말 공민왕 때의 역사)를 담고 내려온
문학예술 장르와 「조침문弔針文」(일찍이 남편을 잃은 유씨 부인이 바느질로
소일하며 지내던 양반 가문의 한 부인의 오랫동안 아끼고 애용하던 바늘을 의인화
하여 공감하는 수필)을 감상하는 듯한 느낌을 현대 강상덕 시인이
지닌 셰이프 이력의 독특한 재능을 살려 시 형식으로 감상하는 것
같은 새로움이 돋보이는 작품이라고 할 수 있다. 이는 충분히 내적
경험을 통한 자기 고백적 성찰의 시라고 할 수 있다.

　　이 시집에 등장하는 소재들이 대부분 주방 식자재 즉 국수를
빚어내는, 혹은 그와 동등하거나 유사한 식사류를 만들어내기 위한
재료들이란 점에서 어려운 부분은 하나도 보이지 않는다. 다만
각 작품마다 시인의 섬세함과 특성과 건강성이 그대로 투시되어
진설되고 있음에 식자재 백과사전류의 특성이 엿보이기도 한다.
대부분의 시들이 이와 유사한 접근을 시도하고 있다는 점에서 더욱
더 그런 느낌을 준다.

밴댕이 말려두면
뒤가 퍼렇다고 〈디포리〉라는데,
안산 앞바다에서 놀던
밴댕이 소갈딱지는 말고

멀리,
베트남 하롱베이 그 잔잔한 바다에서
푼푼하게 놀던 놈으로
준비했습니다.

세상 앞에서
소외 당하고
세상 밖에서
버림 받은 사람에게,

그리고 저기
내 팽개쳐진 채로
절름거리며 걸어가는
대한민국의 자영업자가에

디포리 국물 한 사발 마시라고
저 멀리 베트남 하롱배이에서 놀던
푼푼한 놈으로 준비했습니다.

　　　　　　　　　　　　　　　— 「디포리」 전문

국수는 예로부터 부자들의 식사 대용물로 이용되기보다는,
넉넉지 못한 가난한 백성들의 식사 대용물로 대를 이어온 간단한
식사류이다. 쌀보다는 밀가루가 더 유행하던 시절 집집마다
수제비나 칼국수를 자주 해 먹던 시절이 분명 있었다. 시절이 조금
나아져, 가게에 가서 쌀국수라며 원통형의 가락국수를 사다가
삶아서 찬물에 휘저어 한 무대기 씩 사발에 담아 간장 뿌리고, 김치
쓸어 넣고 먹거나, 붉은 고추장 얹어 비빔국수로 먹던 시절이 분명
길었던 기억이 난다. 지금은 별미가 되어 가끔 잔치 국수를 먹기
위해 혹은 초계 국수 등 개량된 다양한 국수를 먹기 위해서 시장에
들르곤 하지만 여전히 국수는 가사재정이 넉넉지 못한 이들의
허기를 달래는 식사류임에는 틀림없다.

앞의 시를 보면서 시인은 대한민국의 자영업자들의 어려운
심사를 대입시켜 시름을 공유하고 싶어하는 의도가 고스란히
드러나 있음을 볼 수가 있다. 그들을 위로하고 함께 하기 위한
동질의식을 놓고 볼 때 전 세계 어디인들 공통적인 화제가 되지
않을 리 없다는 것이다. 이 가난과 이 고통은 지구 공동체적 어느
민족, 어느 사회나 위로의 대상이 되어야 하고 해결하는 인생채무로
남아 있음을 시인은 안타까움 반 감사의 마음반 덜어 내놓고 있는
것이다.

파랗게 멍들었다.
내가 사는 한 뼘 밭이
세상의 전부라는 사실을
인정할 수 없어서
가지 뻗기도 두려워

온 몸 똘똘 뒤틀려서.

부탁이 있습니다.
혹시나, 국숫집에서
국수 한 그릇 드실 일 있거들랑,
칼칼하게 육수라도 들이킬 일이 있거들랑
나무가 되지 못한
저의 한恨이
풀어져 녹아난 것이라고
그렇게 위로해 주시기 바랍니다.
아소, 님하!

—「무」2, 3연

　　이 시의 1연에 보면 "나무가 되고 싶었다" "키 큰 나무로 서서"
"하늘, 슬쩍 훔쳐 먹고" "내 마음 휘젓는" "무지개랑" "저 세계
끝까지 날아보고 싶었다." "나무는 나무가 될 수 없다는" 표현으로
그려내고 있다. 우리 인생인들 이와 같은 꿈의 실현과 좌절이라는
양극화의 갈등을 빚어내지 않은 삶이 있겠는가.
　　그런데 강상덕 시인은 이러한 꿈을 품지 못하고 순간 좌절의
인생 늪에서 죽음을 기다리거나 마지못한 자기 체면의 삶에서
동력을 잃고 살아가는 이들을 비유하여 유희적 창작 수법을
차용하고 시로 그려내고 있는 것이다. 어쩌면 우리네 인생을 풍자해
인간답게 제대로 되고도 더 잘살아 보자는 희망의 노래로 자기 삶을
개척하여 저 오대양육대주를 당당히 횡단하자는 기백을 지녀달라는
무언의 격려, 독려, 청유의 형태를 시적인 형식에 담아 독자들 앞에

내놓고 있다고 할 수 있다.

한 개의 무가 스스로를 변형시킬 때, 국수 한 그릇이 되어 한 사람의 시장기를 면하여 노동의 현장으로 달려나가는 동력을 제공해 주는 식자재가 되듯이 말이다. 이것이 바로 자기 정체성을 발견하는 사람과 그렇지 못한 사람이 겪는 삶의 다양성으로부터 드러나는 장점과 단점의 결과물인 것이다. 관점을 디자인하고, 제 삶을 새롭게 장식하는 용기 있는 결단을 요구한다는 점에서 아포리즘 성향의 작품으로 분류해도 손색이 없다.

호주산 밀가루
멀대 같은 너에게
5천 년 역사의 정통성을 부여하기 위해서
너에게로 나는 간다.

그냥 가지 않는다.
온몸 뜨겁게 말려지는
이 목마름의 고통을 지나서

살갗 샅샅이 찢겨지고
뼈마디 부서지고
가루져
공중에 분해되는 과정을 지나서

면발, 여기 저기에
가이없는 흔적을 남기기 위해서

너에게로

나는 간다.

— 「쑥」 전문

창의성이 없는 삶, 특이성이 보이지 않는 삶, 개성이 돋보이지 않는 사람과 삶은 가치 선상에 쉬 오를 수 없는 법이다. 가치평가의 그늘에만 머물 수밖에 없다. 좀처럼 빛의 지대로 올라설 기회를 잡을 수가 없다는 것이다. 영영 기회가 주어지지 않을 수도 있다.

이를 가리켜 보편적 삶이라고 말하는 이들도 있겠지만, 이는 자기들끼리 모여서 스스로 위로하자고 하는 듣기 좋은 말에 머물 뿐이다. 먼저 그 특이성의 부재로 인해서 불행하다는 것은 자기가 가장 먼저 알게 되어 움츠려들거나 후에 소시오패스군의 한 부류가 되거나 이탈의 범주가 너무 넓고 커서 사회적 병리 현상을 더욱 더 심각하게 바이러스화 시키는 범죄자가 될 수도 있다. 국가 간의 경쟁력도 이에 못지않아 퇴폐 성향의 문화를 수출하여 저질화된 혹은 낙후된 문화국으로 평가되어 기피의 국가로 낙인찍히게 된다. '쑥'은 대한민국이 어느 나라 어느 밥상에 내놓아도 천대시 되지 않을 아주 독특하면서도, 약효라면 약효, 별미를 내는 자연산 봄나물로 만민에게 각광 받고 있는 자연 특산물이기도 하다. 흰 쌀국수를 개량하기 위한 제조 기술로의 일환으로 쑥을 이용하여 건강에 아주 좋은 특산물화 하는 그 가치로서의 쑥을 지칭하고 있음은 단순히 셰이프의 식재료가 아닌 우리네 삶에도 이와 같은 자기 노력을 위해서 끊임없이 노력하는 탐구의 자세, 연구의 자세, 학습의 자세를 견지해 달라는 시인의 미래를 예견하는 심사가 용해되어 있음을 발견케 하는 작품으로 이해할 수도 있겠다.

인간의 덜 된 것들은
국숫집에 앉아서도
정치판부터 펼쳐 든다.

탐욕의 돼지 새끼들로부터
잘 길들여진 진상들이
젓가락 대신
칼과 가위와 잣대부터 집어 들고

빨간 것과 그렇지 않은 것들을 썰고
전라도와 경상도로 잘라버린 뒤에
진보와 보수로 선을 긋는다.

—「상추」 1 - 3연

이 글의 서두에서 필자는 강상덕 시인을 시와 수필 그리고
자서로만 알았을 뿐, 사진 한 장 본 적이 없으며, 더군다나 전화
통화 한 통 건넨 적 없다고 고백했다. 순전히 작품을 통해서만
그의 가치관과 인생관 그리고 현재적 삶의 카테고리의 흔적들을
발견해낼 뿐이다. 그리고 같은 동시대 유사한 연령대의 시인이라는
것이 정보의 전부다. 그럼에도 불구하고 가장 공감대의 날이 선
작품을 들라면 단연코 위의 시 「상추」라고 할 수 있다.

필자 역시 대한민국의 망국병으로 취급하고 지양해야 할 가장
일 순위로서 서로의 견제를 필연적으로 제시하지 못하고, 정치적
혹은 역사적 어느 지점의 그릇된 리더들의 농락으로 무조건
추종자 되어서 그 움막과도 같은 센터에 들어가서 사실과 관계없이

적대시(홀대시)하거나 대항마 삼아 칼질을 해대는 꼴통들이
판을 치는 사회에 대한 두려움이자 반감이 심하다. 이 무조건적
모리배들에 의해서 대한민국은 침몰의 위기에 직면할 때가 한두
번이 아니었다. 이런 이들을 향해서 미국의 19세기 사상가이며
시인이며 철학자인 랄프 왈도 에머슨의 중심론적, 초절주의를 배워
나라를 건강한 역사의 토대 위에 올려놓는 선각자들, 지성인이 되어
달라는 당부를 누누이 해오고 있다.

　　앞의 시를 통해서 볼 때, 강상덕 시인이야말로 이와 같은
목울음을 울고 있는 동시대를 살아가는 영혼이 자유롭고 맑은
천상시인이란 점에 놀라지 않을 수 없다. 그리고 참으로 반갑다.
언젠가 온정 넘치고 진한 안부가 곁들인 인사말을 정답게 나눌 수
있으리라 기대해 본다.

　　강상덕 시인의 시대를 향한 매몰찬 또 다른 이 한 마디에 힘을
실어주는 작품으로는 「고추장」을 들 수 있다. "세상이 좆 같을 때는
/ 잡것들을 모아놓고 / 빨간 고추장 한 숟갈 듬뿍 떠서 / 허벌나게
비벼 버려" 시인들이 이 정도의 중심론적 철학을 지닌 삶을 살 때,
시는 사람의 속을 후련하게 해 주는 진한 육수의 맛을 충분히 낼 수
있는 것이다.

　　또한 이와 같은 시정신을 품고 살아가는 시인의 결과론적 삶을
드러내는 시를 예로 들자면 「멸치액젓」이다. "인생의 길을 걷다가
/ 비켜 앉았다. // 보이는 것들은 / 나름대로의 방향을 향해 / 가고
있는데 // 문득 한 부끄러움을 느꼈다. // 한 줌 재로 남는 것과 /
액젓으로 승화하는 것 중에서 // 삶의 보편성을 따져보았다. //
멸치가 이겼고 / 나는 부끄러움을 느꼈다"

"어떻게 살아야 참되다 말 할 수 있는 것인가?"의 뭉크의 절규와
"이것이 인생인가?"의 프리모 레뷔의 절규도 아련히 들리는
듯하다.

> 저를 사랑한다면
> 그냥 삼키지 마세요.
>
> 천천히 오래도록 남아서
> 혀끝으로 휘파람을 불어주세요
>
> 달콤한 소리가
> 세상 밖으로 퍼져나가고
>
> 우리의 사랑이 익어서
> 열매를 맺을 때까지
>
> 저를 사랑한다면
> 그냥 삼키지 말아 주세요
>
> ―「설탕」전문

이 시대는 '귀한 것', '소중한 것', '사랑스러운 것', '참된 것',
'순수한 것', '진실 된 것', '애지중지 품어 안아야 할 추억'들마저
잃고들 살아가는 중심 없는 생계형 전쟁의 시대가 도래한 듯하다.
이는 기회주의적이요. 목적성이 불분명한, 참과 거짓이 제대로
평가받지 못하고도 거뜬히 역할분담자로 나서는 애매모호한 평가

위에서 진실이, 참이 도려냄을 당하는 불온한 시대가 되었다.
사랑하는 사람도 일순간의 영달 앞에서 결별이란 내팽개침을
당하기 일쑤이고, 평생지기도 눈앞의 이익 앞에서 내동댕이쳐지는
배반을 밥 먹듯이 하는, 인륜이 무너지는 형편없이 초라한 볼품없는
역사의 그늘만을 남기고 말 지경에 이르고 말았다.

　　강상덕 시인은 이 시대의 중심지대를 힘겹게 견디면서 이순이란
역경의 초입에 서 있다. 그런 그가 외치고 싶어하는 저항 의지는
신음呻吟이 되고, 그 신음이 묵혀서 이 한 편의 시 「설탕」을 낳은
듯하다. 이어서 시인의 남은 삶의 여로에 이정표가 될 독백과
후세를 향한 가교적 역할을 해야 할 슬픈, 그러나 소망과 굳은
의지가 담긴 다음 한 편의 시에 다음에 끌려 따라가 보았다.

　　　　"한 해의 언저리에서 망초꽃을 보았습니다. / 계란
　　　　처럼 생겼다며 / 계란꽃이라고 불러댔던 그 꽃이 /
　　　　오랜 세월의 흔적을 털어내며 / 흔들리고 있었습니
　　　　다. // 보잘 것 없는 내력을 / 아들에게 설명했습니
　　　　다. // 아이는 관심없이 / 꽃이 떠받치고 있는 하늘
　　　　만 바라보며 / 꽃잎 몇 장 위에 / 아버지의 인생을
　　　　올려놓고 있었습니다. // 어쩌면, 이번 주말쯤에 /
　　　　아들을 데리고 / 다시 그 언저리로 가야 할 것 같습
　　　　니다. // 그래서 내가 망초꽃과 같은 것이라면 / 망
　　　　초꽃도 나도 존재 이유가 있는 것이라고 / 그 존재
　　　　이유에 대하여 / 언성을 높여서라도 설득시켜야 할
　　　　것 같습니다."

— 「출사의 변」 전문

3. 시인의 인생 집을 떠나 언어의 입체적 집으로의 이주

강상덕 시인의 첫 번째 시집에는 세 가지의 특성이 발견된다. 첫째는 '국숫집 하울링'으로서의 식자재들을 의인화하여 시인의 감성으로 키질을 하여, 시대를 향해 던지고 싶은 핵폭탄적 질타와 격려와 위로 그리고 방향을 설정하려는 이정표적 몸부림과 영혼의 고뇌가 실려 있는 시가 중심이 된다는 것이고, 둘째로는 열 편 남짓한 '번외편' 작품들을 통해서 긴장을 풀고 다시 자신의 주변을 챙겨보려는 심사가 다분한 작품으로 구성되어 있음을 보여주고 있다.

이 시편들 중 한 편이 잔잔한 감동을 안겨준다.

> "늙는다는 것은 / 주변의 사람들을 하나씩 지워 가는 것 // -중략- // 지우는 일이 익숙할수록 / 지워야 할 사람들은 더 많았다 // -중략- // 늙는다는 것은 결국 지우는 일 / 내가 지워지기 전까지는 / 지우는 일을 계속해야 할 것 같다."
>
> — 「늙는다는 것은」 1, 4, 7연

그리고 세 번째가 바로 시에서 못다 기술하고 있는 그리고 묘사한 일상적 시인의 철학과 삶의 단상을 수필로 적어놓은 장르의 변화가 뒤를 잇고 있다고 할 수 있다. 엄격하게 따지면 이 글들은 시작 노트로서와 자기 인생의 극복 과정을 낳게 한 여정을 수록한

수기 형식의 가치와 의미를 지닌다고도 할 수 있으며 동시에 자전적
작품집을 구성하고 싶은 시인의 바람이 뜻을 이루게 되는 목적성
문학예술을 망라한 성과물이라고 할 수 있겠다.

　글을 쓴다는 것은, 사유하는 능력의 임계점을 자유자재로
드나드는 최선의 삶이자 최고의 삶이며 동시에 가장 형이상학적
개념들을 설정해내면서 살아내는 가치 있는 인생인 것이다.
그만큼 삶과 주변을 챙기고 살피고 진단하고 해결점을 찾겠다는
한 사람의 부단한 노력이 결부되어 드러낸 성과물이기 때문이다.
그런 의미에서 볼 때 강상덕 시인의 이번 첫 시집은 아주 중요한
메시지를 담아냄과 동시에 독자들과 시인 자신에게 충분히 의미
있는 말을 걸기에 필요충분조건을 모두 갖춘 작품집이라고 할 수
있다.

　part3의 수필 13편은 강상덕 시인의 삶의 초기부터 시작하여 국수
기술자로서의 인생의 고뇌와 손님으로서의 대상을 분류하여 현대를
공존하고 있는 수많은 인성을 고발하는 동시에, 우리가 나아가야 할
가치를 발견해야 하고, 단점은 반드시 지양하고자 의도된 시인의
뚝심을 보여주는 작품들이 독자들을 설득시켜 건강한 시대의
주류가 되어야 함을 강조해 주고 있다고 할 수 있다.
　그 예를 보면 다음과 같다.

　　"나는 강의를 잘한 것도 아니었다. 강사 평가 설문
　　조사에서 넘어야 할 8점대를 나는 통과하지 못했지
　　만 언제나 살아남았다. 아부를 잘했기 때문이다. 대

상은 가리지 않았다. 선배와 동료와 후배 강사들에
게 닥치는 대로 아부를 해댔다. 약발은 분명히 있었
고 그런 아부로 인하여 〈방송강의〉를 했고 수천 명
의 학부모 앞에서 〈입시 설명회〉도 했으며 모 기업
체에서 운영하는 학원에서 〈원장〉이라는 직책도 맡
았다. 모두 패가 좋았기 때문에 가능한 일이었다."

— 「패를 접다」 중에서

시인의 가장 솔직하고도 진실 된 자기 고백적 수필이라는 점에서
다른 시인들 대부분에게서 발견하지 못하는 자기 내면의 진솔함과
동시에 자기 삶의 만족과 자신감이 돋보이는 작품이라고 할 수
있다. 그래서 이 시집 전체가 독자들과 말 걸기를 시도하기에
부족함이 없는 가장 적격한 가치와 의미를 지니고 있다고 보는
것이다.

"제법 똘망똘망해 보이는 사람 40명이 당나라 군사
1이고, 그다음 40명이 2이고, 헤벌레 하고 뭔가 부
족해 보이는 나머지 사람들이 모두 당나라 군사 3이
었다. 그 다음부터는 줄창 기다렸다. 치사하게 밥도
안 줬다. 점심때가 돼서야 도시락 하나 던져 줬다.
정말 열 받았다. 대신 세상에서 제일 맛있는 밥을 오
랜만에 먹었다. 그리고 시작된 것이 죽는 역이다. 그
냥 죽으면 안 된다. 폭약 터지는 소리에 맞춰서 비참
하게 죽어야 했다."

— 「길에서 놀다」 중에서

이는 강상덕 시인의 삶의 질곡 많은 과정의 일부를 소개한
것이다. 인류 학원 강사와 국숫집 대표 그리고 단역 배우(엑스트라)와
물류 센터 창고지기 등의 다양한 생존경쟁에서 승리를 거머쥐기
위한, 아니 생존게임에서 살아남기 위해서 고군분투해야만 했던
시인의 지나온 삶의 여정이 사실적으로, 그리고 간단명료하게
소개되고 있는 수필이다. 이는 시인이 국수 기술자로서의 성공을
확신하는 자기 자신감이고 동시에 그 누구에게도 부끄러움
없는 당당한 자기 인생을 개척하겠다는 심사를 그대로 드러내
보여주는 결단력과도 연결된다고 할 수 있다. 그러기에 이 시집은
성공스토리를 낳게 한 역경을 극복한 수기성 특징도 아울러
수록한, 치유 문학적 장점과 강점을 동시에 보여주는 아주 좋은
시＋산문집이라고 할 수 있는 것이다.

"체중이 빠졌다. 군 제대 후 지금까지 한번도 변하
지 않았던 체중이 빠진 것이다. 78 키로였던 것이
10 키로나 줄었다. 체중을 만회하기 위하여 아무리
먹어도 빠진 체중은 돌아오지 않았다. 겨울이면 어
느 정도 회복되던 체중도 여름이면 사정없이 빠져
서 다른 사람이 되어 있었다. 머리카락도 빠지기 시
작했다. 정말 신기한 것이 머리털이 전체적으로 빠
지는 것이 아니라 여기저기 듬성듬성 빠졌다. 빠진
곳에는 머리털이 없으므로 대가리가 드러났다. 털
많고 윤기가 흐르던 과거의 머리털은 오간 데 없고
늙고 추한 늙은이가 바로 나였다. 거기다가 이가 차
례대로 빠졌다. 국수를 삶다가 빠지기도 했고 사리

를 틀다가 빠지기도 했으며 육수를 끓이다가도 빠
졌다."

— 「꽃 핀 자리에 남은 흔적」 중에서

오늘날 대부분의 사람들은 성공한 사람의 인생의 단면만을 보고
부러워하기도 하고 질타를 던지기도 하고, 탄성을 지르기도 한다.
그들의 삶이 지닌 입체적 순간을 들여다볼 의도가 없다는 것이다.
그러한 수고로움을 하지 않겠다는 처사이기도 하지만, 골치 아픈,
봐서 마음 아픈 삶의 숨은 단면은 지속적으로 거부하겠다는 의사가
팽배하게 깔려 있는 것이 요즘 사람들의 변질된, 혹은 나빠진
성향의 변형된 모습이라는 것이다. 꽹과리를 치며 함께 춤추자고
해도 응하지 않고, 애곡을 하면서 함께 울어달라며 위로의 청을
던져도 눈 하나 깜짝하지 않은 공감제로의 시대를 우리는 힘겹게
살아가고 있다. 이것이 바로 문명의 무분별한 발전만을 지향하여
겉으로 드러난 현주소의 민낯이란 점을 애써 외면할 이유가 없다.

만약 강상덕 시인이 자신의 이러한 수고로움의 여정을 글로
기록하지 않았다면 많은 독자들은 시인의 화려했던 인생 단면만을
가지고 이야깃거리로만 삼겠지만, 시인은 시인인 까닭에 자신의
어두움과 밝음의 양면성을 독자들에게 아낌없이 보여주어, 힘겨운
삶을 함께 극복하자면서 손을 건네고 있는 것이다. 이것이 바로
다른 시인들에게서는 보이지 않는 강상덕 시인에게 있는 온기
가득한 삶의 체온인 것이다.

이러한 삶이 시인의 삶이다. 숨기고, 포장하고 침묵하는 것이
능사가 되어 버린 시대에서 강상덕 시인은 숨김없이 자신의 여정을

가감 없이 노출 시키고 있다. 그래서 매 시편들에서는 삶의 냄새와 향기가 조화를 이루고 있는 것이다. 어찌 삶이 향긋한 향기만 가득하겠는가? 즐거이 부르는 멜로디만 있겠는가? 처절해서 피하고 싶은 절규도 하고 듣게 되는 경우의 수가 오버랩되어 괴롭힘을 주기도 하는 것이 바로 인생인 것이다.

다른 시집, 다른 유형의 수필집에서 드러내 알리기를 거부해 왔던 삶의 이야기들을 강상덕 시인은 개의치 않고 독자들 앞에서 영혼의 민낯을 드러내 보이면서 미소 짓고 있어 그 느낌이 아주 상쾌했다.

강상덕 시인의 첫 시집에 실린 작품을 읽은 느낌은 마치 한 편의 모노드라마. 혹은 성공시대를 잇는 다리를 그와 함께 동행한 기분이다. 이렇게 입체적 시집으로서의 문학의 산물을 근래 드물게 감상하게 되어 흐뭇하고 마음 뿌듯하며 동시에 가슴이 묵직하다. 그만큼 한 사람의 평생의 여정을 한눈으로 바라보는, 마치 인생 파노라마를 경험한 듯하다.

모리스 블랑쇼는 '문학의 공간'에서의 시인적 삶에 대해서 다음과 같이 설명하고 있다. 시 문학과 동행하는 일상적 삶을 생각하게 하는 말이기도 하다.

> "모든 것이 깊은 존재로 되돌아가고, 두 영역 사이
> 에 무한의 통로가 있는 공간, 모든 것이 죽는, 하지
> 만 죽음이 삶의 지혜로운 동반자인 공간, 두려움이
> 황홀함이고, 찬양이 탄식이고, 탄식이 예찬하는 공
> 간, 모든 세계가 그들에게 가장 가깝고 가장 진정한

> 실재성을 향하는 것처럼 서둘러 다가가는 공간 자
> 체, 보다 거대한 순환과 끝나지 않는 변신의 공간은
> 시의 공간이다"

모리스 블랑쇼의 말처럼 강상덕 시인의, 앞으로의 삶이 시인의
이상과 순수와 결부되어 더 나은 밝은 미래를 예고하는 청사진이
되리라 믿고 확신한다. 왜, 그 가능성을 필자는 이 첫 시집에 수록된
시와 수필을 통해서 느끼고 알았기 때문이다. 더욱 분명한 것은
가장 솔직한 독자의 한 사람으로서의 직관이자 고백인 만큼 강상덕
시인의 이후의 남은 삶에서 시인으로서와 국수 기술자로의 행보에
거는 기대가 자못 크다.

또 하나, 강상덕 시인의 작품들을 감상하면서 또 한 사람의 말이
기억의 수면으로 솟구쳐 함께 나누고자 한다. 사실 강상덕 시인이
단순 국수 기술자로서의 레시피를 의인화하여 시를 쓰고, 자기 삶의
여정을 독자들에게 들려주기 위해서만 이 한 권의 시집을 낸다고는
보지 않는다. 그 숨은 깊은 문학적 의미를 보면 '시적인 인간과
생태적 인간'의 양면성을 가슴 깊이 지닌 채 남은 삶을 준비하고
있음을 알 수 있다. 그 마중물이 된 김종철 교수가 「시적인 인간과
생태적 인간」에서 시인에게 전해준 귀한 메시지와 위로를 강상덕
시인께 전하는 것으로 이 글을 마무리한다.

> "나무 한 그루가 상처를 입으면 자기 자신의 아픔
> 으로 느끼고 고통을 같이하는 감수성이 중요합니
> 다. 저는 시인들의 마음이 대개 그러한 것이 아니었

을까 싶습니다. 시적 사고라는 것은 본질적으로 모든 생명을 하나로 보는 사고 방식이거든요. …그러므로 본질적으로 만물은 형제라는 관점이야말로 모든 시적 은유의 근거를 형성하는 것입니다. 하다못해 가을날 나뭇잎 하나가 떨어지기 위해서도 온 우주의 힘이 필요하다는 이야기가 있지 않습니까? 모든 것이 조화와 균형 속에 하나로 맺어져 있다는 생각이 여기에 들어 있는 셈입니다. 이것이 시적 감수성의 본질이고, 시의 마음의 핵심이라고 저는 생각합니다. 그렇기 때문에 일견 다른 존재, 다른 생명으로 보이는 것들도 내 생명의 일부라고 보고, 시인은 생명에 가해지는 상해에 마음 아파하고 고통을 함께 나누는 것이라고 생각됩니다."

강상덕 시인의 생에 행복과 문운을 기원하면서 첫 시집을 준비한 그 노고에 깊은 박수와 응원을 보내드립니다. 동시에 이 한 권의 귀한 시집을 통하여 시류에 병든 많은 독자들이 치유와 회복이 이루어지기를 아울러 기도드립니다. 곧 마음의 식탁에 냉기를 덜어낼 따스한 잔치국수 한 그릇이 놓여지기를 기대하면서.